Burckhard Garbe

Sagen zwischen Harz und Weser

Die schönsten Sagen
zwischen Harz und Weser

ausgewählt und erzählt
von Burckhard Garbe

Scherenschnitte
von Albert Völkl

Prolibris Verlag

Originalausgabe 1. Auflage 2002

Tel 0561/6027071, Fax 0561/66645
www.prolibris-verlag.de

Alle Bilder: Albert Völkl
Außer Reihenlogo und Autorenporträt: Veronika Felgentreu
Druck: Thiele & Schwarz, Kassel
ISBN: 3-935263-10-4

Inhalt

Die Sagenroute

Die Zahlen bei den Orts-
namen verweisen auf die
Seitenzahlen der Sagen in
diesem Buch.

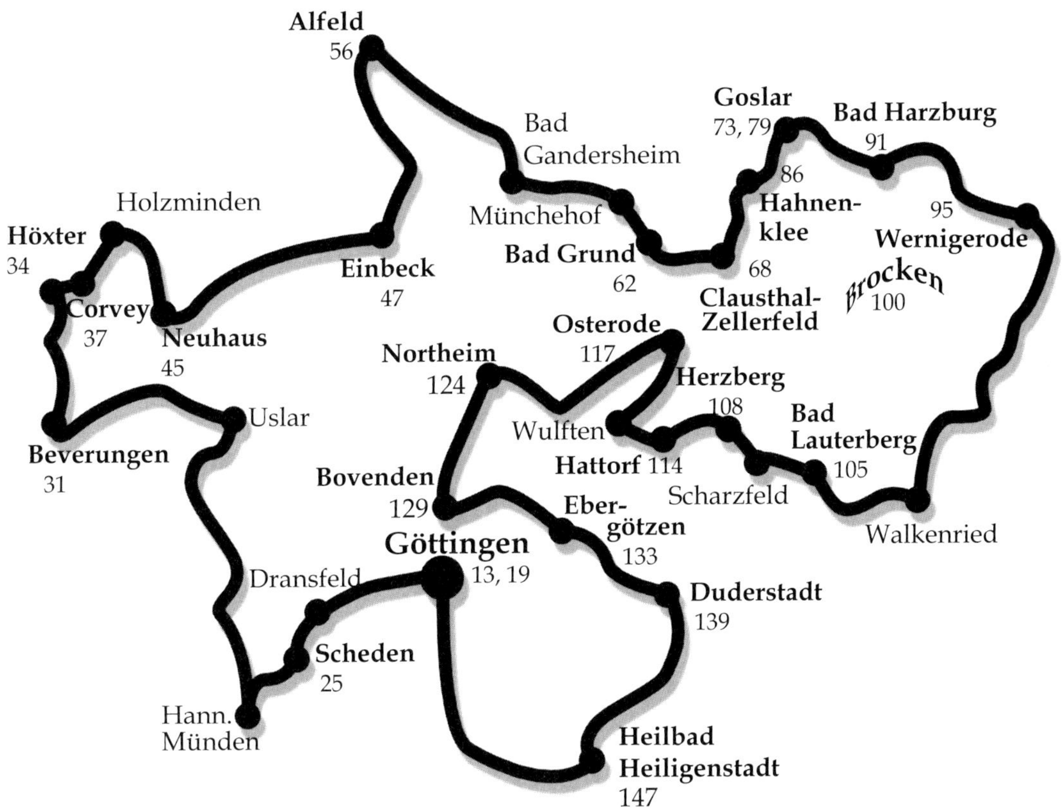

Vorwort

Der besondere Reiz der Sage liegt in ihrem wahren Kern, der ihr zu Grunde liegt oder liegen soll. Sie erzählt von Erlebnissen, die sich so – oder doch so ähnlich – ereignet haben könnten, und von den Spuren, die sie hinterlassen haben und die zum Teil noch heute besichtigt und erkundet werden können. Im Gegensatz zum Märchen, das fast nie Ort und Zeit benennt, also im fiktiven Irgendwo spielt, gibt die Sage ihren Handlungsort an, nennt Gemarkungen und Gebäude und berichtet von realen (bekannten wie unbekannten) Persönlichkeiten der regionalen Geschichte. Dadurch stellt sich beim Leser, der die Region kennt, eine ganz andere Betroffenheit ein. Liest man von unheimlichen Geschehnissen, die im eigenen Lebensumfeld passiert sein sollen, erhöht das den Nervenkitzel. Der Lesegenuss und die Spannung steigen, wenn es dem Erzähler gelingt, den dokumentarischen Kern der Sage zu beleben.

Alle für diesen Band ausgewählten Sagen stammen aus der *Region Göttingen*, dem *Harz* und dem *Weserbergland*. Das bietet dem Leser aus dieser überschaubaren Fläche den Vorteil, die einzelne Sage sofort räumlich zuordnen zu können. Die Orte und Plätze, die hier erwähnt werden, sind weitgehend bekannt, das macht den Reiz dieser Sagen aus und fordert immer wieder zu gedanklichem Vergleich vom Beschriebenen aus alter Zeit mit dem heute noch Sichtbaren heraus.

Der vorliegende zweite Band dieser Sagenreihe will keine dokumentarische Sagensammlung sein und erhebt auch keinen Anspruch auf Vollständigkeit. Im Gegenteil wurde hier bewusst ausgewählt. Immer unter der Prämisse, den Sagen wieder ihren Unterhaltungswert zurückzugeben. Denn Sagen erzählte man sich in Spinnstuben, Wirtshäusern und im Kreis der Großfamilie, weil sie außergewöhnliche, meist unerklärliche Vorkommnisse beschrieben. Dabei wechselten von Erzähler zu Erzähler jeweils die Zutaten, wurde mehr oder weniger ausgeschmückt, nur der Kern der Sage – die unerhörte Begebenheit – blieb konstant und wurde weiter tradiert.

Eingang in die Sagenliteratur fand aber meist nur die auf ihren extrem abgeschliffenen Kern reduzierte Sage, die damit leider zum puren Sammelobjekt und volkskundlichen Dokumentationsmaterial geriet. Und so haben Generationen von Lesern Sagensammlungen enttäuscht zugeklappt, weil sich kein Lesegenuss einstellte – die einzelne Sage endete oft schon nach wenigen Zeilen, bevor sich Spannung, Atmosphäre, Unterhaltung einstellen konnte.

Der Autor Burckhard Garbe, Hochschullehrer in Göttingen, Germanist und Grimm-Kenner, will den alten Sagen hier wieder ihre ursprüngliche Kraft zurückgeben. Er beschränkt sich nicht auf die Auswahl, trägt nicht nur zusammen, sondern versetzt sich in die Tradition des Sagen-Erzählens, schmückt die Geschichten um den essenziellen, unangetasteten Kern herum weiter aus, wirft hier einen erklärenden Einschub ein, macht dort Zusammenhänge sichtbar. Um den Sagen ihren ganz eigenen Charakter zu erhalten, bleibt er weitgehend bei der leicht archaischen Sprache – dem Originalton der Sagen – und entwickelt schon dadurch eine eigenartige Atmosphäre und entführt in eine andere Zeit.

Burckhard Garbe wendet sich mit diesem Buch an alle, die sich auf die Sagen einlassen wollen, weil sie in dieser Literaturform ein Stück regionaler Eigenart suchen, ebenso wie an die Leser, die hier einen Kontrast sehen zu unserer technisierten, aufgeklärten und bis in die letzten Winkel ausgeleuchteten Welt oder die sich einfach nur unterhalten lassen wollen. Auf angenehm beiläufige Weise erfährt der Leser einiges über seine Region, über alte Zeiten, Bräuche, Ängste und Rituale. Und alles passierte vor der Tür des Lesers! Er kann sich ohne Aufwand auf Spurensuche begeben und z. B. die Atmosphäre auf dem Harzer "Hexenberg" Brocken erfahren, oder die Stille und weltliche Abgerücktheit im Kloster Corvey, oder in den Fachwerkgassen von Einbeck den Geheimnissen der Bierbrauer nachspüren. Wenn er dann der Sagenroute zwischen Harz und Weser folgt, wird er die Region vielleicht unter einem ganz neuen Aspekt erleben. Um das Buch auch zu einem praktischen Begleitbuch zu machen, wurden die Sagen topografisch entlang eines vorn im Buch skizzierten Sagenweges geordnet.

Illustriert wurde das Buch durch den Schattentheaterspieler und Scherenschnittkünstler Albert Völkl, der alle Scherenschnitte dieses Buches eigens zu den entsprechenden Sagen angefertigt hat. Seine Bilder sind nicht reine künstlerische Phantasiegebilde, sondern spiegeln meist den Ortsbezug der Sage durch erkennbare Ortsdarstellungen wider. Dabei entspricht der Scherenschnitt als Medium in idealer Weise der Sage. Genau wie sie teilt er die Welt in Schwarz und Weiß, reduziert die Darstellung auf wesentliche Linien und verrät nicht alles, lässt vieles im Dunkeln. Genau wie die Sage zum geistigen Ausmalen der Szene reizt, fordert der Scherenschnitt den Betrachter heraus, Details hinzuzudenken. Die Phantasie des Lesers wird durch diese Illustration nicht eingeschränkt, sondern beflügelt.

Rolf Wagner
Prolibris Verlag

Der Diebsdaumen

Der Stadt Göttingen im lieblichen Leinetale war es im 16. Jahrhundert nicht schlecht ergangen, und Bürger und Obrigkeit hofften am Neujahrsmorgen 1600, es möge so weitergehen mit ihrem Glücke. Doch weit gefehlt! Kaum waren noch achtzehn friedliche Jahre verstrichen, da begannen die schlimmen Zeiten des Dreißigjährigen Krieges.

Man schrieb das Jahr 1625, und die Abgaben- und Steuerbelastungen für Bürger und Stadt waren immens angestiegen, aber zum Glück herrschte in der Stadt noch Frieden. Nur selten durchschritt ein versprengter Landsknecht mit breitkrempigem Federhut, Stulpenstiefeln und Hellebarde das Weender Tor, maß die Länge der Weender Straße, dann die der Groner und war bald danach aus dem Groner Tore wieder verschwunden, mitunter von einem Stadtsoldaten unsanft hinaus eskortiert. In den Bürgerhäusern wurde noch ohne Not gegessen und getrunken wie in den Gast- und Wirtshäusern auch.

Deren hatte Göttingen nun eine gute Handvoll, aber eines davon war doch anders als die anderen. Es war dies das Wirtshaus «Zur alten Linde», und war der Lindenwirt aus ganz besonderem Holze geschnitzt. Er war bei allen Leuten beliebt, wusste in jeder Angelegenheit Rat, und sein Bier mundete seinen Gästen besser als irgendwo sonst. Es war von goldener Farbe und kräftigem Geschmacke, als habe einem ein Engel himmlischen Nektar gereicht. Und sein Schaum war so fein, als sei er aus bester Sahne geschlagen. So kam es, dass ab und zu ein Stammgast aus einer anderen Wirtschaft in seine hinüberwechselte. Dieser mähliche Zulauf nun blieb nicht lange verborgen in der Stadt, und fragten sich einige Leute verwundert, woher das komme, dass sein Bier besser schmeckend als andere sei. Und neideten es ihm manche, besonders die der schänkenden Zunft. Unter ihnen entstand das Gerücht, es gehe in der «Alten Linde» wohl nicht mit rechten Dingen zu. Andere meinten obendrein, sie hätten vor seinem Gasthause noch nie einen Brauereiwagen gesehen, von dem ein Bierfahrer Fässer ablud; und niemalen seien Hufe von Brauereipferden zu hören gewesen, nicht des Tags, nicht des Nachts. Doch wagte keiner von ihnen, den Lindenwirt etwa bei der Obrigkeit anzuzeigen, weil er beliebt war wie kein Zweiter.

Dann kam der 2. August 1626. Wochenlang hatten die Truppen des kaiserlichen Feldherrn Johann Graf Tilly, nachdem sie an «Blutpfingsten» Hannoversch Münden erobert hatten, nun die Stadt Göttingen belagert. Tilly hatte Bergleute aus dem Harz die Leine umleiten lassen, und seine Bombardiere mussten die Stadt tagelang mit Feldschlangen, Haubitzen, Mörsern und Kanonen beschießen. Die städtische Garnison hatte hartnäckigen Widerstand geleistet, aber endlich fiel die Stadt doch, und Graf Tilly marschierte siegreich ein. In den nächsten Tagen waren Landsknechte, Gefreite, Korporale, Feldwebel, Leutnants und Hauptleute in der Stadt, nahmen Quartier, wo sie wollten, und griffen sich, was sie wollten. Es herrschten Diebstahl, Plünderung, Vergewaltigung und Mord. Die Bürgerinnen und Bürger waren in großer Furcht.

Auch in die Gasthäuser und Schänken ergoss sich die Meute der Söldner. Bald hatten sie von dem besten Biere der Stadt gehört. Im Wirtshaus «Zur alten Linde» waren Theke und Tische besetzt mit Stammgästen und Tillys Soldaten. Alle tranken das Bier, und an zwei Tischen spielten die Landsknechte das Spiel «Landsknecht». Einer verlor manchen Taler Soldes.

Dann sang einer der Söldner:

«Also sol es ein ieder landsknecht halten:
würfel und karten ist ir geschrei,
wo man hat gutes bier,
sollen sie sitzen bei.»

Alle Gäste klatschten Beifall. Aus der Ecke der Gästestube begann ein anderer Sänger:

«Hört ihr die Trommeln dröhnen?» –

und einige der Söldner fielen mit ein:

«Weit und breit im Lande
kämpfen des Tillys Mannen
mutig gegen Schmach und Schande.
Trum Hera Trum Trum!»

Einer der Stammgäste hielt seinen Humpen Bier in die Luft und rief: «Wie sagte schon Hans Sachs? ‚Ein Lantzknecht und ein feistes Schwein / Die sollen alle Zeit voll sein.'»

Ein großes Gelächter war das Echo darauf. Dann erhob sich ein Tumult, mehrere Landsknechte schrien: «Bier! Nachgeschenket!»

Der Lindenwirt aber hatte Mühe, alle leeren Bierhumpen nachzufüllen, zu schnell hatten die Gäste getrunken! Und: Zu viel hatten die Gäste getrunken! Und so begannen einige, ungeduldig zu werden, erhoben sich und drängten mit ihren leeren Humpen zum nebengelegenen Bierkeller.

Der Wirt sprang auf einen Tisch und bat um kleine Geduld. Bald werde jeder Humpen wieder gefüllt sein. Allein, vergebens! Die Menge drängte an ihm vorbei, stürzte den Tisch um, der Wirt fiel zu Boden, die Durstigen erreichten den Bierkeller, und weil keiner von ihnen aus dem einzigen, großen Fasse zu zapfen verstand, zerschlug ein Landsknecht kurzerhand mit seiner Hellebarde das Fass, und sie schöpften ihr Bier vom Boden.

«Schaut einmal da!», rief einer der Söldner und zeigte auf ein zerschlagenes Stück des Holzfasses. «Das ist ja ein menschlicher Daumen!» Und wirklich war da am Holz von der Innenseite des Fasses ein Daumen festgenagelt.

Alle standen erschrocken und schwiegen. Ein anderer wusste: «Der muss von einem am Galgen gehenkten Dieb abgeschnitten sein; dann besitzt ein solcher Daumen Wunderkräfte, das weiß das ganze Volk.»

Einer der Stammgäste verwahrte den Daumen in seiner Tasche, andere packten den zitternden Lindenwirt, bewachten ihn bis zum Morgen und brachten dann beide, Daumen und Schankwirt, am Vormittage zum Rathaus. Da wurde den Ratsherren sonnenklar, warum der Lindenwirt immer das beste Bier gehabt und sich um die Lieferung von Bierfässern nicht hatte zu sorgen brauchen.

Der Schankwirt war so der Hexerei überführt, wurde hochnotpeinlich angeklagt, gestand unter der Folter und endete am Galgen. Die Reste des zerschlagenen Bierfasses aber wurden samt dem zauberischen Menschendaumen auf dem Göttinger Richtplatze feierlich verbrannt.

Der Soldat und die Katzen

In alter Zeit wusste sich jede Stadt vor Fremden, die möglicherweise nichts Gutes im Schilde führten, dadurch zu schützen, dass sie eine Stadtmauer errichtete und an deren Toren Soldaten als Wächter aufstellte, die oft zugleich Zollwärter waren. Die fragten dann einen jeden, der in die Stadt Einlass begehrte, nach seinem Woher und Wohin, seinem Begehren und Anliegen dortselbsten in der Stadt, und musste er oftmals auch ein Torgeld bezahlen. Aber schien er dem Torwächter nicht recht geheuer, so ließ er diesen fremden Gesellen nicht hinein.

Das galt auch für jeden, der am Abend zu spät am Tore eintraf, nach Torschluss; der musste unweigerlich bis zum morgendlichen Aufschluss des Tores draußen warten.

Aber auch ein Stadtbürger, der noch nachts die Stadt verlassen wollte, etwa um am frühen Morgen an der nahe gelegenen nächsten Stadt anzugelangen, durfte dann nicht hinaus – es sei denn, er hatte gute Beziehung zu einem Kloster an der inneren Stadtmauer mit eigener Pforte.

So war es auch damals in Göttingen. Die Stadtwachen standen am Weender Tore, am Geismar Tore und am Groner Tore; aber auch auf dem Nordturme der St. Johanniskirche gab es Wächter, die von dort hoch oben weit in die Landschaft schauten und oft genug das Heranziehen von Feinden melden mussten.

Einstmals nun stand wieder ein Soldat am Weender Tor Wache. Da geschah es ihm eines Nachts, als er vor dem Tor in Dunkelheit, Kälte und Regen stand und weit nach draußen spähte, ob sich nichts Lichtscheues nahe, dass eine Katze gelaufen kam und um seine Füße herumschnurrte, bald auch eine zweite und dritte, und in kurzer Zeit war es ein gutes Dutzend grauer und schwarzer und getigerter Mäusefänger, die um seine Füße herumscharwenzelten. Nun war dem Soldaten diese Abwechslung zunächst willkommen, war es doch ein gar langweilig Ding, Stunde um Stunde bis zum Morgengrauen seine Wächterpflicht auszuüben.

Aber mit einem Male, wie auf ein Zeichen hin, begannen die Katzen, sich ihm gegenüber feindselig zu benehmen: Sie maunzten laut und durchdringend, sie schrien herzzerreißend, sie fauchten ihn mit bleckenden Zähnen und wilden Blicken an, dass er besorgte, sie würden ihn kratzen und beißen und ihm Wunden zufügen, so außer Rand und Band waren sie geraten. Da konnte sich der Soldat nicht anders helfen, als sich geschwind in die Wachstube zu retten, wenngleich ihm dieses von der Wachordnung bei Strafe verboten war.

Gleich am Morgen beim Wachwechsel tat er seinem Feldwebel Kunde von den nächtlichen Ereignissen und, dass er sich zuletzt nur in die Wachstube habe retten können. Der Vorgesetzte hörte sich alles verwundert an, fragte noch dies und das, hieß dann sein Verhalten gut und meinte nach einigem Nachsinnen, er habe einen weisen Großvater, der mehr wisse als andere und namentlich in Spuksachen recht erfahren und beschlagen sei, und das sei eine Art Spuk gewesen, und dass er schon so manches probate Mittel gegen unerklärliche Erscheinungen gewusst und erfolgreich angewendet habe.

Da war der Soldat froh, dass ihm sollte geholfen werden. Aber als die Nacht hereinbrach, war es doch wieder dasselbe böse Spiel, das die Katzen sich mit ihm erlaubten. Und trug er diesmal schon einige blutige Kratzer von ihren scharfen Krallen davon, und musste er sich abermals in die warme Wachstube in Sicherheit vor ihnen bringen.

Aber am nächsten Morgen gab ihm sein Feldwebel die frohe Kunde, dass der Großvater in einem alten Buche gefunden habe, wie ihm zu raten sei. «Sollte die Katzenmeute sich heute Nacht wieder hier einstellen und dich angreifen, dann nimm

dein Seitengewehr und haue ohne Rücksicht gewaltig dazwischen; am besten wäre, du triffst ihrer eine oder mehrere empfindlich!» Der Soldat versprach, in diesem Sinne heut Nacht sein Möglichstes zu tun.

Dann stand er wieder auf seinem Posten und wachte und schaute in die Dunkelheit vor ihm. Schon war er der Hoffnung, heut kämen sie nicht, da erschienen die Katzen in später Nacht wirklich doch, und waren sie wilder noch als in den Nächten zuvor. Das war ein Gekeife, Gejaule, Gekrächze und Gefauche, dass Gott erbarm! Schon hatte der Soldat eine neue Schramme am Bein, da überkam ihn ein jäher Zorn, und er schlug mit seinem Seitengewehr die Kreuz und die Quer mitten unter sie. Und dabei hieb er auf einmal einer nachtschwarzen Katze mit glühenden Augen eine Vorderpfote ab. Die hob er geschwind auf und steckte sie in seine Wamstasche. Die verwundete Katze heulte fürchterlich auf, und alle anderen bedrängten ihn nun so heftig, wie noch in keiner Nacht, und schien es ihm, sie wollten von ihm die Pfote zurück. Aber der Soldat verteidigte sich höchst tapfer, brachte noch der einen oder anderen einen Hieb oder Stich bei, und am grauenden Morgen verschwanden sie endlich unter grässlichem Geheule.

Dann kam seine Wachablösung, und der Soldat trat in die Wachstube, seinem Feldwebel die abgehauene Katzenpfote zu weisen. Aber, wie erschraken sie beide, als er statt der Pfote nun eine blutige Menschenhand hervorzog. Jetzt war es offensichtlich, dass die angreiferischen Katzen Hexen gewesen waren, die in Tiergestalt bei Nacht ihr Unwesen trieben.

Die Stadtpolizisten suchten nun in der ganzen Nachbarschaft nach den Frauen, gingen in jedes Haus, treppauf, treppab, hatten aber keinen Erfolg. Endlich fanden sie aber doch eine alte Frau, die sich tagelang gänzlich verborgen gehalten, und hatte sie einen blutigen Verband am rechten Unterarm.

Sobald der entfernt war, wurde sichtbar, dass ihr die ganze rechte Hand fehlte. Somit war der Beweis erbracht, dass nämliche Frau die gesuchte Hexe war, und gegen sie wurde der Prozess eröffnet.

Die Katzenmeute aber ist danach nie mehr in Göttingen gesehen worden.

Die Hansemannsche aus Scheden

Steuern mussten schon immer bezahlt werden, und Steuerpflichtige sehen das ja auch ein. Wenn aber die Steuern derart erhöht werden, dass sie den Steuerzahlern den Atem nehmen, dann müssen die eben versuchen, sich dagegen zu wehren.

Das geschah auch in den Jahren 1484 und 1485, als der Herzog Wilhelm von Braunschweig und der Bischof von Hildesheim von den Städten Hannover, Hildesheim, Braunschweig und Göttingen immer und immer mehr Steuern verlangten. Da wehrten sich diese Städte, und war Krieg im Lande.

Es gab Scharmützel hie, es gab Übergriffe da. Plünderungen und Brandschatzungen waren an der Tagesordnung. Jede Seite wollte der anderen Schaden zufügen, um sie zu schwächen und zum Nachgeben zu zwingen. So hatten die Göttinger in großer Zahl das Amt Uslar überfallen, das zum Herzogtum Braunschweig gehörte, und hatten sie das Dorf Schoningen ausgeraubt und dann niedergebrannt. Nach dieser Tat zogen sie weiter, wendeten sich jetzt nach Dransfeld und nahmen dort achtzig Männer als Gefangene, die sie nach Göttingen abführten, um für sie Lösegeld zu fordern. Unter diesen Gefangenen waren auch Bauern aus den Dörfern der Region, die auf dem Dransfelder Markte ihre Waren feilgeboten hatten.

Ein Niederschedener Bauer erhoffte sich einen Vorteil oder gar seine Freilassung, wenn er den Göttingern ein beuteträchtiges Geheimnis verriet: So sagte er ihnen, die Schedener hätten ihre gesamte, wertvolle Habe in die Kirche von Oberscheden gebracht. Da witterten die Göttinger leichtes Spiel und gute Beute, kehrten allsogleich um und wollten die Schedener Schätze bergen. Aber die Schedener Bauern hatten ihre Kirche gut befestigt und sich gegen einen feindlichen Angriff gewappnet, so dass die Göttinger mehrfach erfolglos dagegen anrannten. Das machte sie wütend. So legten sie eine Kampfespause ein, ließen aus ihrer Stadt Geschütze, Sturmleitern und schweres Brechgerät holen und unternahmen den Angriff neu. Die Bauern aber wehrten sich weiterhin mit aller Kraft und dem Mute der Verzweiflung; sie schleuderten aus der Kirche heraus Steine, die sie dort angesammelt hatten, und töteten so einige der Belagerer, darunter auch den Göttinger Feldhauptmann Hintertür. Dennoch wurde ihre Lage von Stunde zu Stunde ernster, auch würden ihnen bald die Wurfsteine ausgehen.

Während nun die Männer das Dorfeigentum in der Kirche verteidigten, hatten sich ihre Frauen und Kinder zusammen mit allem Vieh im nahegelegenen Walde versteckt, und konnte man vom Waldrand aus sehen, was im Dorfe geschah. Als die Frauen begriffen, dass ihre Männer wohl doch bald unterliegen würden, begannen viele zu weinen, zu beten und zu klagen. Da rief eine der Frauen, die Hansemannsche aus Oberscheden, und übertönte sie alle: «Was soll dieses unnütze Jammern? Das hilft unseren tapferen Männern nicht. Ich will nach Münden gehen und sehen, ob wir von dort Hilfe erwarten können. Wer kommt mit mir?»

Nur ein gutes halbes Dutzend Frauen waren dazu bereit. Sie machten sich auf den langen Weg, kamen aber, ohne angegriffen worden zu sein, heil in Münden an. Der Rat der Stadt ließ sie vor, und flehten sie dort um Beistand für ihre tapferen Männer. Vergebens, die Mündener mussten ihre Bitte abschlagen, hatte ihnen doch ihr Herzog verboten, die Stadt ohne Schutz zu lassen. In diesen kriegerischen Zeiten müsse jeder sich selber verteidigen.

Enttäuscht und mit hängenden Köpfen begannen die Schedener Frauen ihren Heimweg, kamen über die Werrabrücke und gelangten dann bald auf die Anhöhe beim Blümerberg. Dort hatten sie eine schicksalhafte Begegnung.

Es saßen dort nämlich am Wegesrande ein Trompeter, ein Landsknecht und eine Marketenderin. Sie hatten Fische aus der Werra gefangen, die brieten sie jetzt am Feuer. Die Schedener Frauen hatten eine Pause nötig und setzten sich dazu. Als sie erfuhren, dass die drei gerade nicht in Brot und Dienst standen, sondern einen neuen Kriegsherren suchten, kam der Hansemannschen ein Gedanke, wie sie mit etwas Glück die Verteidiger der Schedener Kirche werde retten können. Sie erzählte den drei Kriegsleuten also von der hoffnungslosen Lage ihrer Männer und bat sie, ihnen Gesellschaft zu leisten und sie bis zum Waldrande vor Oberscheden zu begleiten. Wenn sie da angelangt sein würden, solle der Trompeter so blasen, wie es im Braunschweiger Heere vorgeschrieben sei. Sie selbst und die anderen Frauen aber sollten ihre Schürzen und Kopftücher an lange Stöcke knoten, die sähen aus der Ferne wie Fahnen aus. Diese sollten sie hin- und herschwenken und dazu aus voller Lunge brüllen und schreien. Trompeter, Landsknecht und Marketenderin waren sofort bereit, diesen Plan zu unterstützen, und alle machten sich auf den Weg.

Als sie den Waldrand von Scheden erreicht hatten, ließ der Trompeter die Signale erschallen, wie sie die Braunschweiger bliesen, wenn angegriffen werden soll. Des Landsknechts Helm und Hellebarde blitzten im Sonnenlicht. Die Fahnen aus Tüchern und Schürzen wurden geschwenkt, und alle riefen, schrien und brüllten, so laut sie es konnten.

Die Göttinger Belagerer der Schedener Kirche drehten sich jäh herum, sahen und hörten das Spektakel dahinten im Walde, glaubten nicht anders, als Herzog Wilhelm von Braunschweig stünde dort und wolle mit seinem Heer über sie herfallen. Da ließen sie im Schrecken alles im Stich, Kanonen, Leitern und anderes Kriegsgerät, und rannten, was das Zeug hielt, zurück in ihre Stadt und schlossen die Tore.

Herzog Wilhelm von Braunschweig aber erhielt später Kunde von dem Mut und der listigen Klugheit der Hansemannschen und der anderen Frauen aus Scheden, und soll er geäußert haben, dass ihm zehn couragierte Weiber dieses Kalibers mehr wert seien als hundert schwer bewaffnete Mannen, die furchtsam seien.

Das Brünneken bei Klus Eddessen

Südlich von Beverungen liegt im Dreieck zwischen den Orten Borgholz, Dalhausen und Bühne nahe Borgentreich mitten im Walde eine stille Einsiedlerklause. Hier ist das Dorf Eddessen im Jahre 1447 während der Soester Fehde zerstört und nicht wieder auferbauet worden, und ist 1683 an Stelle der alten verfallenen Pfarrkirche eine Wallfahrtskapelle mit Eremitenklause und steinernem Kreuzweg errichtet und 1856 sowie 1972 erneuert worden.

Seit Jahrhunderten kommen Prozessionen von Pilgern in die Wallfahrtskapelle, besonders zu den Festen Kreuzauffindung, Kreuzerhöhung, 2. Pfingsttag, 1. Sonntag im September und am Gründonnerstag, und kommen sie auch von weit.

Die Eremitage ist seit 1859 besetzt gewesen, und hat der weithin bekannt gewordene Bruder Ubaldus fast sechzig Jahre hier gelebt, und ist er auf seinem Esel durch die Wald- und Sumpflandschaft geritten. Er kam oft in die Dörfer, sprach und betete mit den Menschen oder gab, wenn sie ihn erbaten, seinen guten Rat. So wurde er sehr beliebt im Volke. Auch besuchten ihn viele in seiner Klause.

Noch heute kann sich der durstige Wanderer oder Pilger am Wasser des uralten Brunnens laben, dessen Wasser einen wundersam silbernen und goldenen Schein und Schimmer hat. Und gibt es dafür einen besonderen Grund.

Die fünf Jahre währende Soester Fehde ließ das ganze Land unter Raub und Verwüstung leiden, zogen doch dazumalen nicht weniger als 20.000 böhmische Söldner zwischen Teutoburger Wald und Weser umher und trieben dortselbst ihr Wesen, meistens aber ihr Unwesen.

So näherte sich einmal eine wilde Rotte roher, räuberischer Landsknechte nun auch dem Dorfe Eddessen. Das meldete ihnen der aufmerksame Wächter auf einem nahen Berge, und befiel die Einwohner Eddessens große Furcht um Habe und Leben. Sie liefen zur anderen Richtung hinaus aus ihrem Dorfe oder versteckten sich hoch im Bauernhaus auf der Tenne oder dem Dachboden. Manche auch krochen tief unter das Stroh in der Scheune oder legten sich dort unter Decken auf die Leiterwagen. Sogar in die Brunnen stiegen einige hinab, um sich in der einen oder anderen Höhlung der Wand zu verstecken.

Einige Bäuerinnen und Bauern mit ihren Kindern flüchteten sich auch in die Kirche, obschon sie nicht sicher sein konnten, dass diese ihnen wirklich Schutz gewähren könnte vor den gottlosen, mordenden Söldnern.

Der greise Pfarrer wusste seine kostbaren Kirchengeräte in höchster Gefahr, die Goldmonstranz, den Goldkelch und das silberne Kruzifix, und dachte er, sie im kleinen Brunnen im Hof der Kirche zu bergen, und tat er sie unter Wasser. Doch waren die Gold- und Silbersachen im klaren Wasser sehr deutlich zu sehen. Was aber tun?

Da hatte die alte Dienerin im Pfarrhause einen guten Einfall. Sie lief in die Pfarrküche, und hatte sie dort im Eimer Milch von den Ziegen, woraus sie Käse machen wollte. Aber nahm sie den Eimer, trug ihn zum Brunnen und goss die Milch hinein. Da war das Wasser trüb geworden, und die heiligen Gerätschaften darin schimmerten nicht durch.

Kaum war das geschehen, da brach die wüste Horde in Pfarr- und Gotteshaus ein, und vermuteten sie hier kirchliche Gerätschaften von großem Werte, doch fanden sie keine. Darob erzürnten sie mächtig und ließen ihre Wut am dreiflügeligen Altarbilde aus, das sie zerstachen und zerfetzten. Auch stießen sie das Weihwasserbecken um, dass es zerbrach.

Da entdeckte einer den kleinen Brunnen im Hof und verspürte Durst. So bückte er sich über den Rand, und wollte er einen guten Trank tun. Aber, als er das trübe Wasser erblickte,

rief er voll Ekel: «Huh, wat 'n unselick Water!», und trank er nicht. Dann zogen die Landsknechte von dannen und auf Borgentreich zu.

Als die Soester Fehde im Jahre 1449 beendet war und überall im Lande herrschte wieder Frieden, da holte der Pfarrer Monstranz, Kelch und Kruzifix aus dem Brunnen, und er brachte die heiligen Gerätschaften unter Dank- und Lobgesängen seiner Gemeinde an ihren geweihten Ort zurück.

Und nun weihte er auch den kleinen Brunnen, das Brünneken, und dessen zum Zeichen schimmert seit dieser Zeit sein Wasser gülden und silbern bis auf den heutigen Tag.

Die kleinen Menschen bei Höxter

In früheren Zeiten gab es für Münzen und Maße andere Bezeichnungen als heute. Es gab den Heller, der nach seiner Münzstätte Schwäbisch Hall benannt wurde, den Gulden, dem seine güldene Farbe den Namen gab, den Batzen, den Schilling und den Kreuzer, in dessen Gepräge sich ein Kreuz befand; erst 1875 wurde die Markwährung eingeführt. An Getreidemaßen hatte man den oder das Malter, nach der Tätigkeit des Mahlens benannt, und den Scheffel; an Flächenmaßen gab es die Mannsmahd oder Tagwerk zur Bezeichnung dessen, was ein Mann am Tage mähen kann, und das Jauchert, und maß das die Fläche, die ein Joch Ochsen an einem Tage pflügen kann.

Vor langer Zeit hatte ein Bauer aus Godelheim bei Höxter einige Jaucherte Feldes am Brunsberge mit Erbsen besäet. Nun musste er zuwarten, bis er ernten konnte; doch als die Zeit der Reife herangekommen, da schien es ihm, als seien ihm viele Schoten heimlich gestohlen worden. Und wollte er nun über Nacht auf den Feldern bleiben und seine Augen überall haben, ob er vielleicht die lästigen Erbsendiebe erwischen könnte und sie zur Rede stellen.

In der Nacht war es schwarz, kein Mond beschien die Landschaft, und konnte er keinen Dieb merken. Sobald aber die Morgendämmerung begann, entdeckte er wirklich die Diebe. Es waren viele kleine Menschen mit ungeheuer dicken Köpfen, die auf den Feldern zwischen den Erbsen saßen und Schote auf Schote in ihre Münder steckten und kauten und schmatzten.

Da lief er hin und machte ihnen Vorhaltungen. Allein, sie schienen ihn nicht zu verstehen, so sehr er auch schalt, fluchte oder gar ihnen Schläge androhte: Die Gesellschaft der Kleinen wollte vom Felde nicht weichen. Dann erhob sich einer von ihnen, der wohl ihr Anführer war, und sagte zu dem Bauern, sie wollten hier weiteressen, da sie sehr großen Hunger hätten. Aber er solle am nächsten Morgen vor fünf Uhr wieder hierher kommen, dann solle ihm der entstandene Ernteschaden an diesem selben Orte reichlich vergütet werden.

Dem Bauern wurde es unheimlich inmitten dieser unbekannten Geschöpfe mit den übergroßen Köpfen, die seinen Erbsen den Garaus machten, also stimmte er zu, und ging er vom Acker heim nach Godelheim.

Dort setzte er sich am Abend in den Krug zu einigen anderen Bauern, jeder trank sein Maß Bier, und er erzählte ihnen dies seltsame Begebnis; und waren die kleinen Menschen noch keinem begegnet. Dann bat er einige seiner Freunde, ob sie nicht mit hinauskämen am nächsten Morgen, ihn zu begleiten und ihm Beistand zu geben. Das sagten sie zu.

Mit dem Frühesten zogen sie am nächsten Tage zum Brunsberge, und war er entschlossen, sich nicht an der Nase herumführen zu lassen, sondern nun auf Bezahlung zu bestehen oder aber mit Gewalt die Diebschaft zu vertreiben. Doch, als sie die Felder erreichten, waren die Kleinen nicht da, so sehr sie sich auch umsahen. Nur ein fremder Stab war an sichtbarer Stelle in den Boden gesteckt. Wütend, dass er die Diebe nicht angetroffen, nahm er den Stab und hieb mit ihm kreuz und quer durch die Lüfte, dass es pfiff. Er nahm den Stab mit nach Hause und warf ihn in den Flur. Als er ihn sich am Abend noch einmal genauer besah, da war der Stab von purem Golde. So ließ sein Zorn nach, und freute sich der Bauer über diesen guten Handel, hatte er am Ende nun großen Gewinn gemacht.

Eben die nämliche Gesellschaft der kleinen Menschen hatte sich ein wenig weiter begeben, und baten sie im nahegelegenen Wehrden den Fährmann, dass er sie übersetze ans jenseitige, niedersächsische Ufer der Weser, wollten sie doch hinüber zum Eulenkruge.

Der Fährmann besah sich die Schar seiner wunderlichen Fahrgäste, und wollte er die kleinen Leute in zweien oder dreien Fahrten schon hinüberbringen. Allein, kaum waren ihrer zwei an Bord gekommen, so drohte die Fähre fast zu versinken, und lag sie schwer im Wasser. Und konnte der Fährmann nur mit Müh und Not am drübigen Ufer anlanden. So fuhr er also viele Male und glaubte er, er habe wirklich immer nur zwei von ihnen an Bord gehabt.

Da bat ihn beim letzten Aussteigen einer dieser kleinen Leute, er möge einmal seinen Hut abnehmen. Dies tat er und ward erstaunt, sah er doch nun, dass er eine viel größere Menge hinübergebracht hatte als gedacht. So mussten außer den zweien, die er hatte sehen können, noch eine Anzahl Unsichtbarer mit Tarnkappen in das Schiff gesprungen sein, und davon war es so schwer geworden.

Der ihn angesprochen hatte, dankte ihm nun für die Überfahrten, und nannte er ihm nun den Hansemannschen Garten, da werde er sein Fährgeld finden.

Also ging er dorthin, schaute sich um und um, fand aber nichts als einen großen Haufen Unrat von Pferden. Vielleicht läge das Geld ja darunter, so dachte er, griff eine Schaufel und warf alles auseinander, doch war nichts von Wert zu sehen. Unwillig kehrte er nach Hause zurück, einen Gehilfen zu holen, mit dem er noch einmal jeden Winkel im Hansemannschen Garten in Augenschein nehmen und einige Hügel umgraben wollte. Doch als er mit diesem erneut am Garten eintraf, da war der Pferdemist inzwischen in schieres Gold verwandelt, und hatte er also für seine Fährfahrten einen so guten Lohn erhalten, wie niemals zuvor oder hernach in seinem Leben.

Die Lilie im Kloster zu Corvey

Nicht weit von Höxter liegt die ehemalige Reichs- und Fürstabtei zu Corvey an der Weser, die heute ein Schloss ist. Dieses im Mittelalter berühmte Benediktinerkloster ist in den grausamen Zeiten des Dreißigjährigen Krieges fast völlig zerstört, hinterher aber im barocken Stile wieder auferbaut worden.

Noch von der alten Abteikirche des Klosters Corvey wird erzählt, Gott habe dem Kloster eine ganz besondere Gnade verliehen.

Jeder Mensch weiß, dass er irgendwann wird sterben müssen, aber unbekannt bleiben ihm Tag oder Stunde seines Todes. Jäh wie ein Blitz oder ein Erdbeben kann es ihn treffen, und wusste schon im 9. Jahrhundert der Dichter Notker: «Media vita in morte sumus – Mitten wir im Leben sind / mit dem Tod umfangen», wie es Luther nachgedichtet hat.

Anders damals im Kloster Corvey. Die von Gott verliehene Gabe war, dass, immer wenn es einem der Benediktinermönche bestimmet war, zu sterben und dieses Erdenleben zu verlassen, er volle drei Tage zuvor durch ein Zeichen gewarnet wurde. Und war dieses Zeichen das Folgende: In der Abteikirche, wo die Mönche die täglichen Stundengebete im Klostergestühle zu feiern pflegten, hing hoch oben im Chore ein eherner Kranz mit einer kunstvoll gearbeiteten Lilie. Eben diese löste sich dann von dem Kranze, schwebte langsam hernieder und heftete sich an die Rückwand des geschnitzten Chorstuhls desjenigen Ordensbruders, dessen Lebensende bevorstund. Und war er dann sicher, dass ihm nun bestimmt war, in dreien Tagen von der Welt zu scheiden. So hatte er noch genügend Zeit, seine Seele auf sein Ableben vorzubereiten, letzte Gespräche mit seinem Abte und seinen Mitbrüdern zu führen, sich von ihnen zu verabschieden und die Teile seiner kargen

Habe in seiner Mönchszelle zu ordnen und deren künftige Eigner zu bestimmen.

Dieses Gotteszeichen und Wunder war schon etliche Jahrhunderte lang regelmäßig und treu eingetroffen.

Immer aber, wenn einer der Brüder, die nach der Benediktinerregel ihr Leben führten, in hohes Alter kam, war er dessen stets allgewärtig, dass die Lilie zu ihm herunterkäme, und schaute er öfter als die jüngeren Brüder ängstlich oder voll Hoffnung zur Lilie hinauf. Manches Mal wurde der Tod auch ersehnt.

Einst lebten unter allen den Brüdern Corveys zwei, die gut miteinander befreundet waren, hatten sie doch die gleichen Lieben: die Liebe zur Philosophie und die Liebe zur Literatur. Und waren es just der jüngste und der älteste der Fratres, der junge Pankratius und der greise Eusebius. Wie oft sah man sie im Kreuzgange zusammenstehen und philosophische Gespräche und Diskussionen führen! Oder sie saßen, wenn es das Wetter zuließ, auf einer Bank im Friedgarten, und einer las dem anderen aus einem schmalen Buche oder einem dicken Folianten etwas vor, aus Büchern, die er zuvor aus der weithin berühmten Klosterbibliothek entliehen hatte.

Dass sie auch weitere Lieben miteinander teilten, war selbstverständlich: die Liebe zu Gott, seiner Mutter und dem Heiligen Geiste, dann die zu Benedikt von Nursia, ihrem Ordensgründer, die Liebe zum Glauben sowie die zur Theologie. Denn diese Lieben waren allen Fratres gemein. Und hinzu kam bei einigen noch die Liebe zu gutem Essen und Trinken, und das sah man dann auch an der Beschaffenheit ihres Körpers, soweit diese unter der Kutte zu ahnen war.

Diese brüderliche Freundschaft hatte bereits drei Jahre bestanden, und zuweilen schaute sich Pankratius den Eusebius, wenn der es gerade nicht bemerkte, aufmerksam an, da er bereits deutliche Zeichen des Alters trug und sich jedermann ausrechnen konnte, dass seine Tage gezählt wären.

Eines Tages hatten die Benediktiner wie alle Tage zuvor ihr Morgengebet, die Laudes, gehalten, später die Prim, die Terz, die Sext, die Non, danach die Vesper und saßen zur Komplet nun wieder zusammen im Chorgestühle, der Bruder Lektor las einen Abschnitt aus dem Alten Testamente, da blickte auf einmal ein Frater nach oben und behielt den Kopf in dieser Stellung; das hatten andere neben ihm und besonders die von gegenüber gesehen, also schauten auch sie empor. Da hing der eherne Kranz, aber die Lilie hatte sich von ihm gelöst und schwebte langsam, langsam herab. Schon war sie einen Meter unter ihn gesunken, und allen Brüdern graute es etwas; denn jeder hatte doch die Befürchtung, dass sie zu ihm kommen könnte. Der Lektor hatte die Unruhe der anderen bemerkt, hielt inne in seiner Lesung, sah nach den andern und dann gleichfalls nach oben, kehrte aber gleich wieder zurück zu seinem Text und las weiter. Es dauerte nicht lange, und die Lilie schwebte schon recht dicht über den Köpfen der Brüder, dann änderte sie die Richtung und schließlich heftete sie sich an die Rückwand des Chorstuhls des jungen Pankratius, der heftig erschrak, sich aber nichts anmerken ließ. Er sang mit beim Lobgesange des Simeon «Nunc dimittis servum tuum, Domine – Nun lässt Du, Herr, Deinen Knecht, / Wie Du gesagt hast, in Frieden scheiden» und blieb still beim «Kyrie eleison» und dem abschließenden Segensgebet. Dann erhoben sich die Brüder und gingen in langer Reihe langsam hinaus aus der Abteikirche, und hatte es Pankratius eilig, in seine Klause zu kommen. Er wollte seiner Gefühle Herr werden und nachdenken. So gelang es auch Eusebius nicht, der im Kreuzgange auf ihn gewartet, ihn zu einem tröstenden Zwiegespräch festzuhalten.

In später Nacht schlich sich Pankratius in die Abteikirche, es war fast noch Vollmond, und ging schnell zu seinem Chorstuhle, griff nach der Lilie, sie ließ sich abnehmen, und er brachte sie zum Stuhle von Eusebius und heftete sie dort an.

Wenige Stunden später, zum Morgengebete, betraten die Brüder erneut die Kirche; aber wie erschrak Eusebius, als er die Lilie nun an seinem Stuhle entdeckte. Er griff sich an sein Herz und sank zusammen. Zwei Brüder fassten ihn unter und geleiteten ihren greisen Mitbruder bis in seine Zelle, wo sie ihn auf das Lager legten.

Nach dem Gebet sprachen die Brüder über den Vorfall miteinander, und waren die Meinungen geteilt: Einige hießen die Tat des Pankratius gut, das Sterben stünde dem Greise besser an als dem jüngsten der Brüder; andere hielten sie für einen Frevel gegen Gottes Gebot und Willen.

Eusebius war sehr krank, und rang er mit dem Tode. Ein Bruder, der sich etwas auf ärztliche Künste verstand, betreute ihn und gab ihm gute und stärkende Medizin, so dass er am dritten Tage fast schon genesen war.

Am selben Tag wollte Pankratius in der Bibliothek aus der obersten Reihe des Bücherregals ein Buch des Kirchenvaters Augustinus holen, stieg auf die hohe Leiter, reckte sich zu weit aus, und die Leiter fiel mit ihm um. Er schlug mit dem Kopf auf eine Kante, und nun hatte seine Vorwarnung durch die Lilie Recht bekommen.

Seit diesem Tage aber entzog Gott der Lilie im Kloster zu Corvey die Fähigkeit, dem nächstens zum Sterben Erwählten den Tod vorherzusagen, und waren nun die Fratres in Corvey nicht anders gestellt als alle Menschen.

Der wilde Jäger Hackelberg

Im Solling lebte einstmals der Oberjägermeister Hackelberg. Sein größtes Glück und seine einzige Lust war die Jagd, und verfolgte er den grimmen Eber mit gleicher Begier wie den stolzen Hirsch und anderes Getier. Ihm war keine Hatz im dunklen Tann zu wild, ob am Werktage, ob gar am heiligen Sonntag. Er fragte nach nichts anderem in der Welt, weder nach Geld und Gut, nach Gott und Seligkeit noch nach Leben und Sterben, so ganz erfüllte das Waidwerk sein Herz.

Als im tiefsten Winter eine große Hetzjagd im Solling angesetzt war, da suchte ihn in der Nacht zuvor ein Traum heim, er habe bei der Jagd einen gewaltigen, wilden Eber aufgescheucht und ihm lange nachgestellt, aber zuletzt habe der ihn überrannt und ihn mit seinem scharfen Hauer zu Tode getroffen. Am Morgen erzählte Hackelberg diesen Traum seiner Frau, und hielt sie diesen für ein böses Vorzeichen und eine Warnung, und sie bat ihn flehentlich, sein Schicksal nicht herauszufordern, diesmal nicht mit auf die Jagd zu gehen und seinen schwarzborstigen Feind zu verfolgen. Schließlich gab er ihrem heftigen Drängen nach und ließ schweren Herzens seine Freunde und Knechte allein zur Hatz in den dichten Sollingforst ziehen.

Erst in der Abenddämmerung kehrten sie zurück, und sie hatten eine gewaltige Strecke an Wild geschossen; aber war doch die Krönung ein kapitaler Keiler, den sie vor Hackelbergs Füße legten. Der betrachtete zufrieden dies große Tier, fasste es dann bei der Schnauze, hob es zu sich empor und sprach voller Hohn: «Du bringst mich nicht mehr zur Strecke!» Dann ließ er den Kopf des Keilers wieder zu Boden fallen, doch tat er dies ungeschickt, so dass der gekrümmte, messerscharfe Hauer in Hackelbergs Wade fuhr und diese bis zum Knöchel

aufriss. «Kinderkram!», wehrte Hackelberg ab, als seine Frau und seine Freunde besorgt auf seine Wunde eine gute Salbe streichen und sie verbinden wollten. Doch begann sie bereits am dritten Tage heftig zu schwären, und sammelte sich dunkler Eiter in ihr, und sie wurde immer schlimmer, dass Hackelberg nach einer Wochen Frist sterbenskrank und auf den Tod darnieder lag. Als er nun merkte, dass es mit ihm zum baldigen Ende gehe und er auf diese elendigliche Art müsse sterben, da sprach er einen gewaltigen Fluch gegen sich selber aus, dass er nie und nimmer selig werden wolle; sondern als Strafe für diesen Fluch wolle er auf ewig dazu verdammt sein, keine Ruhe zu haben im Grabe, sondern müsse er im Solling auf ewig jagen bis an das Jüngste Gericht! Aber er wolle begraben sein an eben der Stelle tief im Solling, wohin sein Schimmel den Schlitten mit seinem Leichnam ziehen werde. Damit schloss er die Augen für immer.

Und hatten seine Frau und die wilden Gesellen seinen gottlosen Fluch vernommen und erfüllten sie ihn. So legten sie seinen bald erkalteten Leib auf einen Schlitten, und sein Schimmel zog diesen durch das dichte Schneetreiben dorthin, wo der Hackelberg im Leben auch stets am liebsten geweilet, in den düsteren Fichtenforst des Moosberges im Süden von Silberborn bei Neuhaus.

Kaum hatte der Schimmel dort angehalten, da begannen seine Freunde und Knechte, ein Grab zu graben, und senkten sie Hackelbergs Leichnam tief in die gefrorene Erde, und sie verwischten die Spuren also, dass bis auf den heutigen Tag der Ort nicht gefunden ist.

Wenn nun der Herbst die Wälder des Sollings mit rotgelber Farbe bemalt und die Jagdzeit beginnt, erfüllt sich der schlimme Fluch: Und der Hackelberg steigt aus dem Grabe empor, und seine rauen Gesellen, Knechte und treuen Hunde kommen an seine Seite, und er zieht mit gewaltigem «Halali!» und «Hoi-ho-toho!» die laute Schar hoch über die Sollingwipfel. Und alsbald gesellt sich der Tross von Wotans wilder Jagd, dem germanischen Totenheer, dazu, und sie fahren in gewaltigem Sturmwind über die Wolken dahin: Grauenhafte, gespenstische Gestalten, von Nebel umwallt, gräßliche Dämonen, tierköpfige Wesen, wilde Jäger und Schimmelreiter, und ist immer dabei auch die eulengestaltige Tutursel, ein für ihre schlimmen Sünden gestraftes Weib.

Die herbstliche Ruhe im Solling ist hin, in den Lüften erhebt sich ein gewaltiges Rauschen, immer lauter, immer stärker, und schließlich fegt ein Sturm über alles hinweg, und birst da so mancher Baum unter den Hufen der wilden Jagd krachend zu Boden. Und die Meute der Hunde kläfft, Speere sausen, Kugeln schwirren, und mit grässlichem Geschrei geht es dahin durch die bebenden Lüfte, immer vorwärts, immer weiter.

Was machen die Menschen, wie schützen sie sich vor der wilden Jagd? Sie haben sich Regeln gegeben, wie sie die Wilden nicht reizen: Sie fahren keinen Wagen, sie spinnen nicht, sie waschen keine Wäsche, sie backen kein Brot. Und der Hausherr geht durch sein ganzes Haus und räuchert die bösen Geister aus. Und sein Eheweib spricht die zaubermächtigen Strophen:

«Min Kind, dat is ne böse Nacht,
Min Kind, dat is de wille Jagd.

Een Vadderunser, drei Krieze an't Dor –
Gottlof, nu sind we sicher davor!

Nu kann de Schpauk tau uns nich 'rin,
Nu legg deck to Bedde, min Kind, schlap in!»

Und haben dann die Gewalten sich ausgetobt, dann fährt Hackelbergs wilde Jagd an der heimlichen Stelle zurück in Grube und Gruft hinunter, um dort ein ganzes Jahr auf das nächste Halali zu warten, ohne Rast, ohne Ruh', bis in alle Ewigkeit.

Dann zeigt der Solling erneut seine gute Seite, der Sturm hat die Hochnebel aus den Wäldern vertrieben, und die Sonne schickt ihre Strahlen durch die hohen Stämme der Buchenwälder und über die Sollingtäler. Und können die Menschen nun aufatmen, die im Schutze der Mauern die schlimmen Wetter abgewartet haben: Hackelberg ist mit seiner wilden Schar vorübergezogen, und hat er ihnen kein Leides getan!

Eulenspiegel in Einbeck

Es ist geschichtlich erwiesen, dass in Deutschland seit Jahrhunderten an vielen Orten Bier gebraut und getrunken wird. Im Mittelalter gehörte es als Grundnahrungsmittel in den täglichen Speiseplan; üblich war es für Frau und Mann, etwa einen Liter zu trinken. So kann man erwarten, dass, wie über alle Lebensbereiche der Menschen, auch über das Bierbrauen und Biertrinken Sagen entstanden sind. Vor allem wird man sie in Städten reichlich vermuten, die schon viele Jahrhunderte Bier brauen und weithin verkaufen, zum Beispiel in der alten Stadt Einbeck. Und doch ist es nicht so. Es fällt schwer, hier eine altüberlieferte Biersage zu finden. Aber in der Sammlung der Streiche Eulenspiegels ist doch eine zu finden, und soll sie jetzt erzählt werden.

Eulenspiegel, der schon so manchen weltlichen und geistlichen Herren und vielen Bürgern und Handwerkern seine bald bösen, bald witzigen Streiche gespielt, kam einmal wieder nach Einbeck. Hier hatte er vor langen Jahren einem zu Markte gehenden Bauern, der Pflaumen in einem Karren feilbieten wollte, auf seine Früchte, wie es die Sage derb nennt, geschissen. Aber musste die Erinnerung daran den Einbecker Bürgern mittlerweile geschwunden sein.

Eulenspiegel hatte sich oft schon als Handwerksgeselle ausgegeben und die Meister genarrt; und waren das Bäcker, Schmiede, Schuhmacher und Schneider gewesen; auch Tuchmacher, Kürschner, Ledergerber, Metzger und Schreiner, Brillenmacher, Köche und Barbiere, und war ein Brauer noch nicht darunter gewesen. Aber in der Stadt des Bieres hatte er nun nicht übel Lust, einem solchen einen Tort anzutun.

Also suchte und fand er einen Brauer und fragte diesen, ob er arbeiten könne bei ihm, und sei er Brauergeselle. Dem

Meister kam das gerade recht, wuchs ihm doch die Arbeit über den Kopf, weil er als Hilfe nur seine Magd hatte.

Eines Tages waren der Braumeister und seine Frau zu einer Hochzeit geladen, und wollten sie dort ihre Aufwartung machen und nach Herzenslust speisen und trinken. So wies er seinen Gesellen Eulenspiegel an, zusammen mit der Magd in der Zeit seines Wegseins Bier zu brauen, so gut er könne. Und nach dem Feste wolle er ihnen wieder helfen. Aber Eulenspiegel solle sein besonderes Augenmerk darauf legen, ja den Hopfen gut und wohl zu sieden; denn, wie er wisse, gebe das dem Biere einen kräftigen Geschmack, für den das Einbeckisch Bier ja seit langem berühmet sei und sich gut verkaufe. Eulenspiegel hörte voll Aufmerksamkeit zu und antwortete dann: «Ja gern, Meister, ich will euch mein Bestes tun.» Darauf verließen der Brauer und sein Weib beruhigt das Haus und begaben sich zu der Hochzeit.

Eulenspiegel war nun in Not, er war doch kein Brauergeselle und wusste die nötigen Schritte des Brauens nicht. So wendete er sich an die Magd und sagte ihr, er habe das Brauen in weit entfernter Gegend gelernt und wolle von ihr nun wissen, wie hierzulande gebrauet werde. Erst schaute die Magd ihn scheel an, doch dann sprach sie ihm vom Maischen, dem Erhitzen des Gerstenmalzes im Brauwasser, danach vom Abläutern im Läuterbottich und vom Kochen der Bierwürze in der Sudpfanne, in die hinein dann der Hopfen zu geben sei; danach müsse abgekühlet werden und dann die Hefe dazugetan, damit das Bier gären könne.

Also maischten sie erst in der Maischpfanne, und mussten sie beide gut rühren. Darauf wurde gemeinsam abgeläutert, und kam dann die Würze in die Sudpfanne und wurde lange gekocht. Auch da war wieder zu rühren. Als aber nun der Hopfen zugegeben werden sollte, da bat ihn die Magd: «Ich möchte zu gern für ein Stündlein fortgehen und beim Tanze

zuschauen. Sei doch so gut und sorge du allein für das Sieden des Hopfens!»

Eulenspiegel war es recht, und konnte er allein nun gut überlegen, welchen Streich er dem Brauer spielen könnte. Nun hatte es das Schicksal gefüget, dass des Brauers Hund Hopf hieß, und kam ihm auf einmal ein Gedanke. Das Siedewasser kochte und kochte, und es wurde Zeit, den Hopfen hinzuzugeben; er nahm den Hund und warf ihn hinein, und gab er sich damit große Mühe, den Hopfen gut und wohl zu sieden, wie er dem Meister versprochen, so dass ihm Haut und Haar abgingen und sich das Fleisch von den Knochen löste.

Die Magd aber war bei dem Tanze, stand außen und konnte sie sich an den Tanzenden nicht satt sehen. Endlich aber musste sie doch zurück ins Brauhaus, der Hopfen war sicher genug gekocht; sie wollte Eulenspiegel bei der Abkühlung helfen und bei der Zugabe der Hefe. So ging sie zurück und sprach zu Eulenspiegel: «Nun hat der Hopfen genügend gesiedet, lassen wir den Sud ablaufen!» Sie setzten das Sieb auf den Gärbehälter, und beide schöpften mit großen Kellen den Sud ins Sieb. Da fiel der Magd etwas auf, und sie sagte: «Hast du auch wirklich Hopfen hinein getan? Ich sehe gar keinen in meiner Kelle!» Doch Eulenspiegel beruhigte sie: «Daran ist keine Not. Du wirst ihn bald auf dem Grunde der Sudpfanne finden.» Die Magd aber wunderte sich, misstraute ihm und fischte auf dem Boden. Bald hatte sie das Hundegerippe auf ihrer Kelle und schrie vor Erschrecken auf. «Beim dreieinigen Gott: Was ist das? Was hast du darein getan?» Eulenspiegel aber antwortete ihr ruhig: «Nur den Hopfen, unseren Hund, ganz wie mich unser Meister geheißen.»

Im selben Augenblicke kamen der Brauer und seine Frau nach Hause, und hatten sie sich bei der Hochzeit tüchtig eingeschenket. Der Meister fragte mit schwerer Zunge: «Wie geht es euch? Was tut ihr?» Da antwortete die Magd, noch voller

Entsetzen: «Ich weiß nicht, was wir tun. Ich ließ den Gesellen hier für ein halbes Stündchen allein, dem Tanze zuzuschauen, und wies ihn noch einmal an, den Hopfen derweilen gut und gar zu sieden. Er aber hat unseren lieben Hund gesiedet, das hier ist sein Rückgrat.»

Da ward der Brauer auf einen Schlag wieder nüchtern, war auch entsetzt und schalt ihn gehörig aus. «Warum tust du nicht, was ich dir sage?» Aber Eulenspiegel fragte zurück: «Was beschimpfet ihr mich? Ich habe nur das getan, was ihr mich geheißen.» – «Solltest du nicht den Hopfen sieden anstelle des Hundes?», fragte der Brauer und erhielt zur Antwort: «Habe ich etwa nicht den Hopfen gesiedet? Wie sollte ich wissen, dass ihr nicht den Hund meintet? Ist denn noch anderer Hopfen hier?»

Und Eulenspiegel tat gar traurig, ließ den Kopf hängen und sprach: «Ich habe nichts als Pech an den Füßen! Wenn andere Knechte nur die Hälfte dessen tun, was ihnen die Herren auftragen, sind diese zufrieden. Und nun tue ich immer das Ganze, was man mir befiehlt, und doch kann ich es keinem recht machen.»

Aber der Braumeister verstand keinen Spaß und sagte: «Hebe dich hinweg! Du kannst mein Geselle fürder nicht sein.» Und musste Eulenspiegel also wieder einmal sein Ränzlein schnüren und sich auf die nächste Wanderschaft begeben.

Für den guten Humor des Einbecker Rates und seiner Bürger aber spricht es, dass sie dem Eulenspiegel einen Brunnen vor das alte Rathaus und die St. Jacobi Kirche gesetzt und ihn mit listigem Blick und dem Hopf in der Hand dargestellt haben.

König Heinrich und der Bär

Früher war in deutschen Landen das Vogelfangen erlaubt. Soldaten, wenn sie irgendwo lagerten und die nächsten Marschbefehle abwarteten, fingen zum Zeitvertreibe und als Nahrung auf freiem Felde Vögel. Auch viele der Harzer Bergleute taten dies. Ja, es hat sogar einen König gegeben, der an mehreren Orten seines Landes Vogelherde besaß, der Vögel mit Leidenschaft fing und der sogar nach ihnen benannt wurde.

Es durfte aber nicht jeder die Vögel fangen. Die Erlaubnis dazu erhielten von der Obrigkeit nur Männer, die gute Vogelkenner waren und mit den Lebensgewohnheiten aller heimischen Vögel vertraut. Ein solcher musste die Vogelstimmen erkennen und nachahmen können; auch hatte er vertraut zu sein mit der Kunst, Lockvögel zu fangen und abzurichten. Die Zeichen für Wetter und Wind mussten ihm bekannt sein, und hatte er seine Netze, Leinen und Vogelkäfige selbst zu machen. Auch hatte er sich gut zu stellen mit den alten Bauern der Gegend, mit Schäfern, Hirten und Jägern, bei denen er sich Rats erholen konnte über den hiesigen Vogelflug.

Der König, dessen große Leidenschaft war, Vögel zu fangen, war Heinrich I., dem das Volk auch die Beinamen «Heinrich der Vogelsteller», «der Vogler» oder «der Finkler» gab.

Eines Tages streifte Heinrich mit seinem Gefolge an Edlen und Knechten durch die Landschaft südlich von Einbeck. Und nahe der Vogelsburg hatten sie einen neuen Vogelherd angelegt, ein großes Viereck sauber geglättet, in dessen Mitte einige Wacholderbeersträucher standen, und sie hatten einige umstehende Bäume entlaubt und entrindet, dass sie den Krammetsvögeln als Einfallbäume dienen konnten. Auch Gräben für die Schlagnetze waren gegraben, die Schlaghölzer, Zugfedern, Schlagstangen und die Zugleine nach der Kunst des Vogelfangens angeordnet. Lockvögel waren verteilt, einige in Körbchen an die Einfallbäume gehängt, andere auf dem Vogelherd in Kettchen befestigt, und war der Vogelherd fertig.

Nun ritten Gefolge und Knechte fort bis zum nächsten Waldrand, wo sie sich lagerten und aßen und tranken. Aber König Heinrich, der begierig war, den neuen Herd zu erproben, saß einige Meter weiter in einer kleinen Hütte, die ganz mit Tannengrün bedeckt war, und hatte sie in den Wänden schmale Schlitze, durch die er nach allen Seiten sehen konnte.

Plötzlich begannen die Lockvögel, ihre Lockrufe in die Luft zu schicken, wo sie hoch oben einen Zug Krammetsvögel ausgemacht hatten, und lockten sie und lockten, und richtig: Der Schwarm kam herunter und fiel in die kahlen Bäume ein, auf denen sie zu sitzen liebten. Aber nun lockten die Vögel auf dem Herde so lange, bis die Krammetsvögel wie Pfeile auf sie herunterschossen. Da löste Heinrich der Vogler den Abzug aus, und die beiden Netze sausten von beiden Seiten in die Mitte und über die Wacholdersträucher hinweg, so dass alles an Vögeln nun in den Netzen gefangen war.

Bis zum Abend hatte Heinrich reiche Beute gemacht, auch Finken und Lerchen, dass er sie kaum tragen konnte, und verlangte es ihn nach dem Gefolge, denn er wollte mit diesem nach Hause. Da kam er an einem Gebüsch vorbei, und aus diesem erschien plötzlich ein wütender Bär und fiel ihn an. Heinrich zog sein Schwert und kämpfte tapfer gegen das grimme Tier. Und wenn er ihm auch zwei tiefe Stiche tat, konnte er den Bären nicht besiegen. Aber auf sein lautes Rufen eilten vom nahen Waldrande her einige seiner Gefährten, und waren am schnellsten bei ihm Adolph und Siegfried, zwei adlige Brüder, und hieben sie mutig auf das wilde Tier ein, so dass sie es alle zusammen endlich besiegten und töteten.

Heinrich kniete nieder, dankte Gott in heißem Gebete für den Erhalt seines Lebens, und er gelobte, an dieser Stelle eine

Kapelle zu bauen, was später geschah; sie wurde zu Ehren St. Blasii errichtet.

Aber das Bruderpaar, das ihm geholfen, schlug er zu Rittern und belehnte sie mit dieser ganzen Gegend. Adolph wählte die westliche Seite des Sonnenbergs, Siegfried die östliche. Und sie begründeten jeder einen Ort, die also Adolphshausen und Siegfriedshausen hießen; aus diesen Namen hat die Geschichte die heutigen Ahlshausen und Sievershausen gemacht.

Vom Raubritter Lippold

Westlich von Alfeld, am Glenebach bei Brunkensen, steigt in lichtem Walde eine schroffe Felswand empor, in der die «Lippoldshöhle» liegt, wie das Volk sie seit alters nennt, weil hierin der sagenhafte Raubritter Lippold gehaust haben soll. Gänge verbinden die einzelnen Räume, die man schon lange als «Küche», «Kammer», «Stube», «Gefängnis» und «Schornstein» bezeichnet.

Niemand weiß, woher dieser Lippold gekommen; aber als er die Höhle entdeckt hatte, muss er in ihr gleich ein gutes Versteck für sich und seine Diebsknechte gewittert haben. So heuerte er die besten Steinmetzen der Gegend für Geld und Gold an, das er bei seinen Raub- und Beutezügen eingenommen; sie mussten ihm die Wände behauen und begradigen, Gänge schaffen oder erweitern, auch die Decken erhöhen, und hatten sie viele Wochen Arbeit daran. Als schließlich die Höhlenburg fertig war, sollten die Steinmetzen wie vereinbart gut entlohnt werden. So bat er sie in die obere Höhlenkammer, in die sie nur einzeln hinaufsteigen konnten. Sobald aber einer oben angelangt war, hieb er diesem den Kopf ab, allen nacheinander, zuletzt ihrem Meister, und warf er die Toten den «Schornstein» hinab. Auf diese Weise konnte keiner der Steinmetzen mehr den Wald verlassen und genaue Lage und Grundriss der Höhle verraten.

Vor Lippold und seinen Spießgesellen war keiner in freier Landschaft sicher: Jeden Pilger entdeckte er und raubte ihm sein Weniges, am liebsten aber überfiel er die Wagen der Kaufleute, denen er Geld, Waren und Pferde abnahm, so dass sie zu Fuß den langen Weg nach Alfeld antreten mussten. Ja, er war so schlau, dass er verbreiten ließ, er habe seinen Pferden die Hufeisen verkehrt herum unternageln lassen, um seine Verfolger zu täuschen: So täuschte er sie nun erst recht. Und über alle an der Höhle unten vorbeiführenden Wege zog er mit seinen Knechten Drähte, welche bei Berührung durch Wanderer ein Glöckchen in der Felsenhöhle zum Klingen brachten. Sofort kam Lippold oder einer seiner Gesellen aus der Höhle hervor, schlug oder schoss den Wanderer nieder und raubte ihn aus.

Mit der Zeit wurde ihm das Leben nur unter Männern zu einsam, und sehnete sich Lippold nach einer Frau. Eines Tages hatte er ausgespähet, dass unweit eine Hochzeitsgesellschaft festlich feierte und das junge Paar sich auf dem nahe gelegenen Weinberge lustwandelnd entfernt hatte von den anderen. Da brach auf einmal Lippold mit seinen Gesellen aus dem Walde hervor, umringte das Paar, warf den Ehemann nieder, band ihn und ließ ihn dort liegen. Die frisch vermählte, junge Frau aber, die eine Tochter des Alfelder Bürgermeisters war, nahm er mit sich in sein Felsennest. Und wusste niemand, wohin sie entschwunden.

Dem Raubritter Lippold musste sie nun dienen als Weib und Magd. Ritt er mit seinen Leuten aus, dann band er sie in der Höhle fest, so dass sie bald jeden Gedanken an Flucht aufgab. War er aber von seinen Raubzügen nach Hause gekommen, dann pflegte er seinen Kopf in ihren Schoß zu betten, und musste ihm die junge Frau so lange das Haar kraulen, bis er im Mittagsschlafe versank. Oft schlief er auf diese Weise auch seinen Rausch aus; denn er hatte sich dem Trunke ergeben. So fristete sie ihr Leben lange Jahre. Die Kinder aber, die sie ihm geboren, die hatte der Unhold gleich nach der Geburt an die nahen Bäume gehängt, und wenn ihre Gebeine im Sturme klapperten, lästerte er: «Hörst du, wie unsere Kinder musizieren?»

Aber dann kam der Tag, an dem der starke Räuber Lippold erkrankte, und lag er auf den Tod darnieder. All seine Knechte waren für Tage weg, und musste er seine Frau gen Alfeld um eine Arzenei in die Apotheke schicken. Das war sie auch bereit, für ihn zu tun. Er aber zwang sie, bei Jesus und dessen Mutter zu schwören, sie werde keinem Menschen auch nur ein Sterbenswörtchen von ihrem Aufenthalte bei ihm verraten und noch diesen Tag zurückkehren.

Nach langem, mühevollem Gang erreichte sie tatsächlich ihre Heimatstadt Alfeld und erstand das Heilmittel. Nun war es just Jahrmarkt, und ihr begegneten manche ihrer Freundinnen von ehedem; doch erkannte sie niemand in der Jammergestalt, die sie jetzt bot. Zudem erblickte sie ihre alte Mutter am Fenster sitzen und durfte sie doch nicht rufen; denn sie hatte den Schwur getan. Da ergriff sie der größte Kummer und sie musste sich setzen. Nun erblickte sie den Prellstein am Rathaustor, der war ihr recht. Da weinte sie bittere Tränen, die fielen auf den Stein und färbten diesen blau. Und sieht man den nämlichen Stein noch heute als ein kostbares Wahrzeichen der Stadt.

Dieser Anblick rührte die Vorübergehenden, und schauten sie fragend auf sie hinunter. Sie aber blieb stumm. Auf einmal schritt ihr Vater, der Herr Bürgermeister, die Rathaustreppe zu ihr herunter und fragte sie nach ihrem Kummer; sie aber antwortete auch ihm nicht. Ihr Vater aber ahnte, dass ihr zu reden nicht erlaubt war, und so riet er ihr:

«Beklagenswertes Weib, wenn du etwa eines Gelübdes wegen schweigen musst, dann beichte doch diesem Steine deine große Not.»

Zu einem Steine zu sprechen, das war ihr nicht verboten, also tat sie es, und alle hörten voll Staunens ihre Klageworte. Sie aber fuhr fort:

«Lieber Stein, wenn mich aber jemand aus den Klauen meines grausamen Mannes Lippold will befreien, so soll er des morgigen Mittags zur Höhle kommen, dann schläft der Lippold in meinem Schoße. Er bringe aber ein langes, starkes Seil

mit einer Schlinge mit und lasse es vorsichtig zum Schornstein herab. Gefällt es Gott, dann kann ich auf diese Art von ihm befreit werden.» Und als sie sah, wie ihre Worte ihren Vater und die Menschen ringsum gerührt, da schöpfte sie Hoffnung auf ihre Befreiung und machte sich wieder auf nach Hause, wo sie dem Lippold die Arzenei in den Mund gab. Die spülte er mit viel Branntwein hinunter.

Am anderen Mittage schlief er wie üblich in ihrem Schoße seinen Rausch aus; aber die Alfelder kletterten leise, leise den Felsen hinauf und ließen den Strick durch den Schornstein hinab. Die Bürgermeistertochter legte ihm nun die Schlinge um den Hals, zog einmal am Seil zum Zeichen, dass alles bereit sei, und mit einem gewaltigen Ruck ward der Räuber nach oben gezogen. Ein zweiter Ruck folgte, ein dritter. Sofort war der Lippold wach, begriff seine Lage und versuchte, nach seinem Weibe zu treten. Allein, die Alfelder Männer hatten ihn schon zu hoch gezogen, und ward er nun jämmerlich in der Luft erdrosselt.

Die Tochter des Bürgermeisters aber heiratete ihren Bräutigam ein zweites Mal, hatte er doch in Treue all die Jahre auf sie gewartet.

Die Zwerge vom Hübichenstein

Nicht weit von Bad Grund im Harz, westlich des Ibergs, steht der Hübichenstein, der aus zwei Felsspitzen besteht: Die höhere, der große Hübichenstein, ragt vierzig Meter in die Luft. Manche sagen, er sei zur Zeit der Sintflut hierher getrieben, andere meinen, es sei ein großer Knorpel, den ein wandernder Riese im Schuh gehabt und hier herausgeschüttet hat.

Um die Felsen herum sieht man eine Reihe von Erdfällen, Erde ist dort eingesunken, und knapp unter dem großen Hübichenstein liegt eine tiefe Höhle, in die man fast senkrecht hinabsteigen muss; so hat sich noch keiner bis ganz in die Tiefe hinab getraut. Hier haben vorzeiten Zwerge ihre Wohnungen gehabt, alle klein bei klein, in den Höhlungen und Wölbungen des Gesteins, und hatte ihr König, der Hübich, nach dem der Berg heißt, die größte und schönste von allen, die durch zwei prächtige Stalaktiten geziert war. Von hier aus herrschte er über sein unterirdisches Reich, in dem es alle nur denkbaren Bodenschätze gab, und regierte sein Zwergenvolk seit vielen Jahren gerecht und weise. Seit nun aber in den letzten Zeiten die Jagd in den Wäldern überhand genommen hat, fühlte sich Hübich empfindlich gestört, und er zog sich allmählich zurück. Aber als dann ein Jäger sogar nach ihm geschossen, hat er die Plätze hier verlassen mit seinem Volke und ist wer weiß wohin gezogen. Und erinnert an ihn nur das steinern Bild eines Zwerges in einer der Höhlen, aber findet das nur der Glückliche.

Als aber Hübichs Reich unter dem Hübichenstein noch in Blüte stund, begab sich einmal folgendes. Ein Förster aus Bad Grund hatte einen Sohn, der war sein einziges Kind, und er war wild und kühn wie ein rechter Junge. Er stieg und kletterte wie ein Eichkater auf jeden Baum, zu hoch war ihm keiner.

So musste er auch hinauf auf den großen Hübichenstein, und der war steil wie kein zweiter Fels. Der Junge aber wollte hinauf und setzte Fuß auf Fuß immer höher als den vorigen, und er hielt sich fest mit den Händen an allem, was er nur greifen konnte, an Felsnasen, vorspringenden Steinen, ja, auch an kleinen herauswachsenden Bäumchen und Sträuchern. Als er fast oben war, musste er eine überstehende Felsschicht hängend überqueren, aber er schaffte selbst das. Dann noch drei Meter, dann zwei, dann noch einer, und dann stand er oben: Der Junge hatte den stolzen Hübichenstein bezwungen!

Weit konnte er von hier aus sehen, nach allen Seiten schweifte sein Blick, Wald, nichts als Wald bis zum Horizont, und zwischen dem Grün leuchtete ab und an ein Stück eines Wegs, einer Straße auf. Das alles genoss er lange Zeit. Aber er hatte dabei eine gute Stelle für seinen sicheren Stand suchen müssen; denn der Wind ging scharf da oben und hätte ihn leicht zum Straucheln gebracht.

Als er sich nun sattgesehen hatte an der Welt von oben, da wollte er wieder hinab. Schon wollte er einen Fuß an die Schräge nach unten setzen, aber Fuß und Bein gehorchten ihm nicht. Er stand da wie angewurzelt, und konnte er sich keinen Fuß breit bewegen. Aber, er musste doch wieder hinab, also versuchte er erneut, sich zu bewegen, vergebens. Ein völlige Starre lähmte ihn. Was er nie gekannt in seinem Leben bisher, Höhenangst, die hatte ihn nun gepackt.

Zum Glücke hatte er seinem Vater von seinem Wunsche erzählt, den Hübichenstein zu besteigen. Und als er nach gemessener Frist nicht zu Hause erschien, da wartete der Förster noch eine Stunde, noch zwei, aber dann machte er sich am frühen Abend doch auf, nach dem Sohne zu sehen, und wie er mit dem Pferdewagen um die letzte Wegecke kam, sah er ihn gleich dort oben stehen, und rührte er sich nicht.

«Komm doch herunter, mein Sohn!», rief der Vater hinauf.

«Ich kann nicht, Vater», antwortete der Sohn von oben, und der Vater hörte in seiner Stimme die Angst.

«Ich werde versuchen, dir zu helfen», versprach er ihm. Dann befahl er seinen Sohn Gott und fuhr nach Hause. Aber schlafen konnte er in dieser Nacht nicht. So belud er seinen Wagen mit langen Stangen, mit Leitern und Seilen und all dem, was er für nützlich hielt, und war, als die ersten Strahlen der Morgensonne den Sohn auf dem Hübichenstein erreichten, schon wieder da.

Allein, alles was er tat, war umsonst. Die Stangen und Leitern hielten an den Felswänden nicht, jede Fahrt, die er anzulegen begann, fuhr selber wieder hinab, und auch ein Seil vermochte er nicht, seinem Sohn zuzuwerfen: Zu hoch, viel zu hoch stand dieser über ihm.

Drei Tage stand der kühne Kletterer auf dem hohen Hübichenstein, aß nicht, trank nicht, bewegte sich nicht, schlief auch nicht, und hatte er keine Lust mehr zu leben.

«Schieß mich doch herunter, Vater», so bat er schließlich, «hier in den Fuß, ärger kann es nun nicht mehr kommen. Wenn Gott will, breche ich mir nur die Beine.» Allein, der Vater wollte es nicht tun.

Zuletzt aber fasste er am Abend des dritten Tages in seiner Verzweiflung den Entschluss, seinen Sohn wirklich vom Felsen herunterzuschießen. Und hatte er seinen Wagen hoch beladen mit Decken und Wäsche, so viel er nur besaß; die wollte er an die Stelle unten am Hübichenstein legen, wohin der Sohn fallen musste.

Wie er aber hinkam zum Hübichenstein, so trat da ein Zwerg heraus aus einer Spalte und fragte ihn, wes sein Begehr sei. Da berichtete ihm der Vater, dass sein Sohn ein guter Kletterer sei, der aber jetzt mit dem Hübichenstein seinen Meister gefunden; denn er sei es, der da oben stehe und nicht hinunterkönne, so sehr halte ihn die Angst gefangen. Und nun wolle er ihn lieber hinunterschießen, als dass er herabstürze und sich den Hals breche. Auch wolle er zunächst Decken über Decken dort hinlegen, wohin er fallen müsse.

«Wart Er!», befahl ihm das Männchen, verschwand wieder im Berg, kam aber geschwind zurück mit vielen anderen Zwergen; die trugen kleine Tragen und Grubenlichte, aber der Hübich, denn er war es, mit dem der Förster gesprochen, hatte ein großes Grubenlicht in der Hand, das war aus schierem Silber. Nun stiegen sie alle den Hübichenstein hinauf und redeten den Förstersohn freundlich an: «Komm Er nur mit uns mit, wir werden Ihn schon heil hinunterbringen.» Und der Hübich berührte mit seinem Grubenlicht seine Beine. Da rührte sich der Sohn, er machte einen kleinen Schritt, einen zweiten und so fort, und immer waren die Zwerge mit ihren Lichten vor ihm, neben ihm, hinter ihm, dass er jeden Stein, jede Klippe, jeden Spalt gut sähe. Und ward er auf diese Weise wirklich sicher hinabgeleitet von ihnen.

Unten luden sie Sohn und Vater zu sich ein in ihre Höhle, wo sie mit ihnen essen und trinken mussten, und dann begabten sie beide mit Schätzen aus ihrem Bergwerke, darunter Silber und Gold. Erst dann durften sie zurück zu ihrem Wagen und mit ihm zurück nach Grund nach Hause fahren.

Noch im nämlichen Jahre aber haben Vater und Sohn für einen Teil ihres Schatzes die Kirche in Bad Grund bauen lassen, aus Dankbarkeit über die glückliche Errettung.

Das Dreigroschenstück vom Bergmönch

Die deutsche Sagenwelt kennt viele Geister, holde und unholde, und nur manche von ihnen sind in allen Regionen bekannt. Einer von diesen ist der Grubengeist, der bei den Bergarbeitern und ihren Familien unter verschiedenen Namen bekannt ist: Manche nennen ihn «Meister Hämmerling», manchen ist er der «Grubenmönch», anderen wieder der «Bergmönch», und in südöstlicher Gegend kann er sogar «Rübezahl» heißen. Was weiß man von ihm? Sein Verhalten ist in den Sagen sehr unterschiedlich überliefert, bald nur böse, bald stets gut und helfend, bald ist beides Verhalten gemischt. Seine Gestalt ist häufig die eines riesigen Mönchs, gehüllt in lange, wehende schwarze Kleidung; aber er nimmt auch vielfältig andere Gestalt an: riesiges Ross, grausiger Bär, hässlicher Zwerg. Manchmal misshandelt er unter Tage die ihm begegnenden Bergleute, manchmal aber tritt er als Schutzherr der armen und einfachen Leute auf. Die Brüder Grimm erzählen von ihm die Sage «Der Bergmönch im Harz».

Vor einiger Zeit, es könnten gute hundert Jahre sein, wohnte eine arme Witwe unten in Zellerfeld, die fristete ihr und ihrer Kinder Leben, indem sie aufs Land zu den Bauern ging, von denen sie Butter kaufte, Eier, Schinken, Flachs und andere Waren; die trug sie in schweren Körben von dort herbei und verkaufte sie an ihre Nachbarn.

Einmal, es war im Herbst, und schon lagen bunte Blätter auf den Wegen und Straßen, ging sie bereits um drei Uhr in der Frühe los mit ihrer Laterne und wollte nach Mönchhoff (heute Münchehof). Kurz vor Bad Grund kam ihr eine schwarze Kutsche mit vier Rappen entgegen, in der saß ein Geschworener mit schwarzem Gewande; der hielt ein flackerndes Unschlittlicht in der Hand. Die Frau entbot ihm ein freundliches

«Guten Morgen!» Der Geschworene hielt die Kutsche an, dankte ihr auch ebenso freundlich und fragte sie, wohin sie denn an so frühem Morgen schon gehe. Sie antwortete: «Mein Herr, ich will nach Mönchhoff, dort Waren zu kaufen. Ich muss für meine sechs Kinder nun alleinig sorgen, seit mein Mann, Gott hab ihn selig!, im vorigen Jahre aus dem Bergwerk zu mir in Stücken nach Hause gebracht. Nun muss ich mich und die Kinder ernähren, darf keinen Augenblick säumig sein, sondern mich sputen vom frühesten Morgen bis zum spätesten Abend.»

Ihrer Rede lauschte der Geschworene aufmerksam, lächelte sie dann kurz an, griff in seine Tasche, gab ihr eine Münze und sprach: «Gute Frau, kauft euren Kindern davon Brot.» Die Frau bedankte sich, verabschiedete sich von ihm, und der Geschworene fuhr in seiner Kutsche weiter. Als es dann taghell geworden, besah die Frau das Geldstück, und war es ein Dreigroschenstück, neu und blank, und «Schlägel und Eisen» stand drauf und ein merkwürdiges Wappen, das aussah wie ein Mönch. Sie ahnte nichts Arges, ging weiter bis Mönchhoff, kaufte bei den Bauern ein und, als sie bezahlte, gab sie auch ihr neues Dreigroschenstück mit hin. Dann kehrte sie um und machte sich auf den langen Rückweg nach Zellerfeld.

Unterwegs befiel sie der Hunger, sie hatte ja seit drei Uhr in der Früh nichts gegessen; und sie hoffte, im Geldbeutel noch ein paar Pfennige zu haben, von denen sie sich etwas Brot kaufen könnte. Neugierig griff sie hinein und fand neben zwei Pfennigen auch das Dreigroschenstück darin, das ihr der Geschworene geschenkt. Sie freute sich darüber, schöpfte keinen bösen Verdacht und kaufte sich in Bad Grund etwas Brot und Wurst, dafür gab sie die Münze hin und erhielt sogar noch etwas davon zurück. Damals waren wohlfeile Zeiten!

Zu Hause angekommen, wollte sie in der Pfanne braten, hatte aber kein Fett mehr, so musste sie welches kaufen. Um zu sehen, wieviel Geldes sie noch hatte, griff sie in den Beutel und fand dort das neue Dreigroschenstück mit dem Schlägel und Eisen wieder. Nun fiel ihr das Merkwürdige auf und wusste sie nicht, wie ihr geschah; hatte sie nicht die Münze in Grund ausgegeben, und doch war sie wieder da? Sie kam in Zweifel, kaufte aber das Fett mit der Münze, und wieder kriegte sie ein paar Pfennige zurück.

So ging es noch ein-, noch zweimal, und immer fand sie das Dreigroschenstück in ihrem Geldbeutel wieder. Nun ging sie zu ihrer vertrauten Nachbarin, erzählte ihr alles und wies ihr die Münze. Die erkannte auch Schlägel und Eisen darauf, die Werkzeuge der Bergleute, sonst Hammer und Meißel genannt; aber zum Mönchswappen meinte sie, das sei der Bergmönch, und kein anderer als der sei der Geschworene gewesen. Der habe ihr eine sogenannte Heckemünze geschenkt, die mit anderen Münzen neue hecke und zum Besitzer immer wieder zurückkehre. Und solle sie solch ein Geschenk in besonderen Ehren halten, durch das sie aus aller Not kommen und sogar reich und wohlhabend werden könne.

Aber die Witwe war ehrlich und fromm, und witterte sie das Böse. «Nein», sagte sie zu ihrer Nachbarin, «wenn das so ist, dann geht es mir nicht mit rechten Dingen zu. Das Geschenk will ich nie und nimmer behalten; denn ein solcher Reichtum wäre durch Hexerei erworben.»

Darauf ging sie nach Hause, griff dort zum Kleiderhaken, nahm sich den dicken Umhang um und ging aus dem Dorfe hinaus bis zum Mühlenteich. Dort sann sie erst noch ein Weilchen nach; aber dann nahm sie die geschenkte Münze und warf sie hinein.

Und wer das liest und will das immer zurückkehrende Dreigroschenstück haben, ei, der soll's sich nur im Mühlenteiche bei Zellerfeld aus dem Schlamme klauben ...

Der beste Schuss

Ein Schützenfest ist eine feine Sache. Es ist ein Fest des ganzen Volkes, Reich und Arm nehmen daran teil, Oben und Unten, Jung und Alt, Weiblich und Männlich, und für alle gibt es so manches Vergnügen an Spiel und Spaß, an Essen und Trinken, an Reden und Zuhören, und wer Schützin ist oder Schütze, die wetteifern miteinander um den besten Schuss.

Eines der größten Schützenfeste Südniedersachsens findet in Goslar statt, und das schon seit vielen Jahrhunderten. Erwähnt werden Goslarer Schützen zum ersten Male in einer Urkunde aus dem Jahre 1395. Von der «Privilegierten Schützengesellschaft Goslar von 1220 e. V.» wird das Fest ausgerichtet, an dem nicht nur geschossen und gefeiert wird: Seit dem 16. Jahrhundert gab es auch einen Krammarkt mit allerlei Buden und Händlern, später kam noch die Volksbelustigung hinzu, und heißet das Ganze das «Goslarer Freyschießen».

In einem kleinen Dörfchen im Harze wohnte einmal ein junger Bergmann, der, wenn er nicht gerade unter Tage hart arbeiten musste, gern mit Gewehr und Pistole schoss, meist allerdings daneben. So ging er des öfteren tief in den Wald, nagelte ein Stückchen Papier an einen dicken Baum, das war sein Ziel; dann ging er zehn Schritte zurück, zog eine Linie in den Waldboden und übte von dort das Schießen, dass die Eichkatzen und -kater verwundert Reißaus nahmen.

Der junge Bergmann kannte ein Mädchen aus seinem Dorfe, das hätte er gar zu gerne zur Frau gehabt, doch hatte sie nicht ihr Auge auf ihn geworfen. Was sollte er tun? Ihr Geschenke machen konnte er nicht, dazu war er zu arm.

Da hörte er eines Tages, dass alle Bürger aus Nah und Fern eingeladen seien, zum «Goslarer Freyschießen» zu kommen, und könne da ein guter Schütze sein Glück machen. «Sei's drum, ich probier's!», dachte er. «Vielleicht kann ich den reichen Goslarschen Bürgern einige Taler dabei abgewinnen. Dann könnte ich ihr ein Geschenk machen.»

In den nächsten Tagen zielte und schoss er noch fleißiger da im abgelegenen Forst, und traf er nun schon des öfteren ins Schwarze.

Dann kam der Tag, an dem er gen Goslar wollte. Des Morgens nahm er sich sein Gewehr und putzte es, bis es blitzte und blinkte wie die liebe Sonne. Danach nahm er seine Joppe vom Haken, setzte einen kecken Hut auf und machte sich auf den langen Weg.

Als er auf die «Hohle Kehle» kam, saß da ein alter Mann auf einem Baumstumpf und ruhte aus. Seine Kleidung war zerschlissen und zerlumpt, so dass die bloße Haut hie und da zu sehen war; lang und zottelig hingen die grauen Haare unter dem schäbigen Hut hervor, und Hände und Gesicht waren ganz abgezehrt und mager. Auch waren ihm nur noch zwei Zähne im Munde geblieben.

«Ach», sagte der Alte, «junger Mann, gebt mir doch ein Almosen um Gotteslohn.»

Den jungen Bergmann dauerte der Alte und er erwiderte: «Ich habe zwar selber wenig, aber das will ich mit Euch teilen», griff in seine Hosentasche und gab ihm die Hälfte von dem Geld, wofür er sich in Goslar zwei Satz Schießscheiben kaufen wollte. Der arme Mann wurde vor lauter Freude ganz stumm; endlich aber dankte er dem Bergmanne von Herzen für dieses große Geschenk, stand auf und fuhr fort: «Ich weiß alles von Euch: Ihr seid ein armer Bergmann und guter Schütze und wollt nun nach Goslar zum Freyschießen ins Schützenhaus. Nehmt hier dieses Fläschchen, und wenn Ihr schießen wollt, so gießt daraus drei Tropfen auf das Visier.» Dann verschwand er im Gebüsch, der Bergmann aber eilte weiter nach Goslar.

Damals lag das Schützenhaus noch vor dem Rosentore. Dort fand sich der junge Mann ein, ließ sich eintragen in die Liste, bezahlte seinen Satz Scheiben und stellte sich brav in die lange Reihe der Schützen. Als dann das Schießen an ihn kam, holte er erst das Fläschchen hervor, träufelte drei Tropfen aufs Visier und legte an. Aber, o Wunder!, nun sah er die weit entfernte Scheibe ganz nahe vor sich, so dass er, ohne mit den Augen zu kneistern, nur auf die Mitte zu halten brauchte. Als der Schuss gefallen war, schaute der Scheibenmeister nach und rief «Volltreffer!» Jetzt kam der zweite Schuss, drei Tropfen aufs Visier: «Volltreffer!» So ging es auch bei den übrigen drei Schüssen. «Ihr seid ein Teufelskerl!», lobte ihn der Scheibenmeister. «Fünfmal der beste Schuss, alle Achtung! Euch gebührt die Ehre!» Und der junge Bergmann erhielt die ganze ausgesetzte Summe, so dass er bei seinem Heimgange viel Geld in den Taschen trug. Und hatte er nun mit Hilfe des Alten mit einem Satz Scheiben mehr gewonnen, als er mit den beabsichtigten zweien hätte erwarten dürfen.

Glücklich nahm er sein Gewehr auf die Schulter und stapfte zurück in den Harz. Wieder an der «Hohlen Kehle» angelangt, saß da richtig der Alte und fragte: «Na, wie ist es ausgegangen?» – «Recht gut», antwortete der Bergmann fröhlich, «doch werdet Ihr es bereits wissen.» – «Nun, dann gebt mir jetzt mein Fläschchen zurück.» – «Von Herzen gern», entgegnete der Junge, kramte in seiner Tasche und reichte es dem Alten hin. «Ich danke Euch schön, Ihr habt mich zum glücklichsten Menschen der Welt gemacht. Das ist wahrlich ein treffliches Zielwasser! Wenn ich das besäße, dann sollte es nicht gar lange dauern, und ich schösse mir so viel zusammen, dass ich der reichste Mann wäre.» Darauf sagte der Alte: «Nun gut, weil Ihr mir das Fläschchen gleich so bereitwillig wiedergegeben habt, obschon Ihr um seinen hohen Wert wisst, so sollt Ihr es jetzt ganz behalten dürfen.» Da dankte ihm der junge Bergmann sehr.

Aber der Alte fuhr fort: «Noch kennt Ihr nicht die ganze Kraft der Flüssigkeit. Seht her!», bückte sich und hob einen breiten Schieferstein auf, der am Wege lag, goss auch auf ihn drei Tropfen - und im selben Augenblicke war der Stein in feinstes Silber verwandelt, das er dem Jungen reichte. Der Bergmann staunte nicht schlecht. Der alte Mann aber sagte: «Das nehmt zur Belohnung für Eure Mildtätigkeit heute Morgen und hier das Fläschchen; aber gebraucht es stets so sparsam, wie ich Euch gezeigt!» Dann gab er dem Jungen die Hand zum Abschied. Dabei verschwand der Alte, und griff der glückliche Schütze ins Leere.

Voller Zufriedenheit eilte der Bergmann nach Hause. Fortan verwendete er die Flüssigkeit mit aller Vorsicht und wurde auf diese Weise nach und nach zum reichen Manne und zum berühmtesten Schützen im ganzen Harz.

Das Mädchen aus seinem Dorfe aber lud er zum nächsten «Goslarer Freyschießen» ein, sie ging auch mit, und als sie sah, dass er der beste Schütze war, da erhörte sie sein Werben. Und es gab bald darauf eine prächtige Hochzeit im Dorf, wie man sie seit Menschengedenken nicht hatte gesehen.

Die Kaisertochter zu Goslar

Die heutige Wissenschaft streitet darüber, ob in Goslar ein Dom oder nur eine Stiftskirche St. Simon und Judas gestanden. Jedenfalls ist dieses gewaltige Kirchengebäude in den Jahren 1047-51 erbauet und, da die verarmte Stadt die baufällig gewordene Kirche nicht hat renovieren können, im Jahre 1820 «auf Abbruch» verkauft worden, so dass so mancher ihrer vielen Steine sich nun eingefüget findet in andere Bauwerke ringsum.

Wenn in damaliger Zeit ein Reisender nach Goslar gekommen und die Stiftskirche oder den Dom, gleichviel, hat besichtigen wollen, so pflegte ein kundiger Priester mitzugehen und ihm deren Denkwürdigkeiten zu zeigen und zu erläutern. Und da hat er dem Fremden auch einen Sarg gewiesen, darinnen gelegen haben ein Frauenzimmer und ihr zu Füßen ein kleines Hündlein, und hat er ihm folgende Geschichte erzählt.

Es hat in Goslar in früher Zeit einmal einen Kaiser gegeben, dessen Tochter so schön gewesen, dass ihr Vater sie immer anschauen musste, und freute er sich und war stolz auf ihre Schönheit. Aber es kam dahin, dass er sich in sie verliebet, und er hat sie endlich zu seiner Gemahlin machen und sie vor Gott heiraten wollen. Jedoch war die Prinzessin sehr gläubig und wollte diese Blutschande nicht zulassen. Und sie hielt ihrem kaiserlichen Vater die Bibel vor, wo im 3. Buch Mosis im Kapitel 18 bei Todesstrafe verboten sei, dass Blutsverwandte einander heirateten.

Der Kaiser aber war vor Liebe gänzlich verblendet und ließ keine Gründe dagegen gelten. Sie solle seine Ehefrau werden, werde daraus, was es wolle. Und war bereits der Tag der Hochzeit bestimmet und alle Feierlichkeiten geplant und befohlen.

Die Nacht vor der Heirat war gekommen; da lag die junge Braut voller Unruhe in ihrem Bett im Kaiserpalaste und konnte so gar nicht einschlafen. Endlich stand sie wieder auf, warf sich auf die Knie und rief die Mutter Gottes an, sie möge ihr helfen. Da erschien ihr Maria und fragte sie freundlich nach ihrem Begehr.

Die Prinzessin erzählte ihr von der Liebe des Vaters zu ihr, die die normale Vaterliebe bei weitem überstiege, und klagte ihr ihre Drangsal. Wenn aber kein und kein anderer Weg wäre, sollte sie ihr lieber ihre Schönheit fortnehmen, bevor sie diese Erzsünde begehen müsse. Die Mutter Gottes hörte ihr zu, dachte lange darüber nach und antwortete dann, ihr Wunsch solle in Erfüllung gehen.

Am anderen Morgen, gleich in der Früh, war die Prinzessin schon wach und besah sich nun im Spiegel, aber, o Schreck!, sie erkannte sich selbst fast nicht mehr, denn sie war sehr hässlich geworden, und all ihre Schönheit war hin. Als es dann zur Hochzeitsfeier kommen sollte und sie vor des Kaisers Antlitz trat, wollte er sie erst gar nicht für seine Tochter ansehen; aber schließlich musste er es doch glauben, dass er hier seine Tochter vor Augen hatte. Und gestand sie ihm auch, wie es dazu gekommen.

Da packte den Kaiser die volle Wut, und er wollte sie stehenden Fußes hinrichten lassen, weil sie sich nicht dem Kaiserwillen gefüget. Doch umstanden ihn seine Minister und Ratgeber, die baten ihn, sich zu mäßigen und diese grausame Strafe nicht zu verhängen. Er würde sich schlimmstens versündigen gegen seine Tochter und gegen Gott. Endlich sagte er: «Nun, ich will Gnade vor Recht ergehen lassen: wenn sie in acht Tagen ein Altartuch für den Dom fertigstellen kann, so will ich sie wieder mit väterlicher Liebe aufnehmen und von meinem Heiratswillen Abstand nehmen.»

Jeder bei Hofe wusste, dass die Prinzessin wunderbarlich

schön hat weben und sticken können; deshalb hat der Kaiser alle Einzelheiten genannt, wie das Altartuch solle gestaltet sein: Sie müsse purpurfarbene byzantinische Seide prachtvoll und kostbarlich mit Gold- und Silberfäden durchwirken und besticken, so dass die Szene der Kreuzigung Christi auf Golgatha abgebildet werde. Und sie solle einige der Domreliquien in das Tuch einnähen. Diese seine Anforderungen waren nun schwierig zu erfüllen, dass wohl selbst ein erfahrener Künstler manchen Monat daran gehabt hätte zu arbeiten. Aber die Prinzessin dachte: «Dir kann auch wieder helfen, wer dir schon einmal geholfen.» Also hoffte sie auf die heilige Maria.

Wie sie nun am Abend endlich allein war in ihrem Ruhezimmer, da betete sie wieder, dass die Mutter Gottes ihr erscheinen möge. Aber dieses Mal kam sie nicht. Da ward der Prinzessin sterbensangst, und wusste sie nicht ein noch aus.

Die andere Nacht rief sie wieder nach Maria, sie kam aber nicht und auch nicht die dritte Nacht. Da geriet die Prinzessin in volle Verzweiflung und sie weinte heftig; endlich in ihrer Not wendete sie sich nun an den Herren der Hölle. Der erschien auch sogleich und fragte sie nach ihrem Willen. Da erzählte sie ihm alles und bat ihn, ihr bei dem Tuche zu helfen. Das wolle er gern tun, sagte der Böse, aber sie müsse ihm dafür ihre Seele verschreiben. «Nein!», antwortete sie voller Überzeugung. «Eh' ich meine reine Seele dem höllischen Feuer überantworte, so will ich lieber sterben gehen.» Aber der Gottseibeiuns verabschiedete sich mit dem Rat, sie solle in sich gehen und gut nachdenken, bis er die andere Nacht wiederkäme. So leicht solle sie ihr Leben nicht fortwerfen.

In der vierten Nacht erschien richtig der Höllenherr wieder: ob sie sich eines Anderen, Besseren besonnen. «Was meine Seele angeht», antwortete sie ihm, «so kann ich sie Euch nie und nimmer überlassen.» Das hörte der Böse nun gar nicht gern, dachte dann aber nach und bot ihr schließlich an, ihr mit allen seinen Kräften und der Kraft seiner Geister beizustehen, dass sie das Altartuch pünktlich fertigstellen könne. Doch habe er das Beding, dass, wenn er in der letzten Nacht käme, zwischen der elften und zwölften Stunde, und sie sei wach, so wolle er ihre Seele nicht nehmen, sondern sei sie von jeglichem Anspruche frei. Fände er sie aber schlafend an, so müsste sie mit in die Hölle. Und in ihrer Verzweiflung stimmte die Prinzessin dem zu.

In der fünften Nacht wurde das Altartuch begonnen, sie hatte von irgendwoher das gewünschte Material erhalten und stickte fleißiglich und sie kam gut voran, und ward es schon in der sechsten Nacht so schön, wie sie es niemalen geglaubt hätte, und wurde sie gar nicht müde dabei. So ging es fort bis zur letzten Nacht, und das Altartuch war nun beinahe fertig, und fehlten nur wenige Stiche zu seiner Vollendung. Da aber konnte sie sich nicht mehr halten vor lauter Müdigkeit, und sie schlief ein.

Nun eignete aber der Kaisertochter ein kleines Hündlein zu ihrer Freude, das mit Namen Quedel geheißen. Und ist dieses Hündlein nimmer von ihrer Seite gewichen, nicht Nacht, nicht Tag. Das lag auf ihrem Schoße, und es wurde munter, sobald sie einschlief.

Wie es just zwischen elf und zwölf war, und der Deixel tappte laut über die Diele und, wie er gerade auf die Tür zu der Kammer kam, hörte das Hündlein das und fing laut an zu bellen, so klein er auch war. Da schrak die Prinzessin aus dem Schlaf auf und ward munter, und wie der Höllenherr ins Zimmer stapfte, da war sie wach, griff schnell nach Nadel und Faden und setzte die letzten Stiche. Als der Gottseibeiuns sehen musste, dass sie wach war, da ward er sehr wütend, griff nach dem Hündlein und schmetterte es auf den Boden, dass es elendiglich starb. Und machte sich der Böse aus dem Staube.

Die Prinzessin aber hatte das Altartuch fertig und war gerettet. Der ganze Hof war voll Staunens über die schöne, prächtige Altardecke, die nun im Dome den Altar zierte.Und ihr Vater musste sie begnadigen und wieder annehmen. Sie aber hat ihr Leben lang nicht geheiratet.

Zum immerwährenden Gedenken an dieses Begebnis hat die Kaisertochter das nahe gelegene Kloster Quedlinburg bauen und ihr Hündlein einbalsamieren lassen. Und sie hatte vorbestimmt, dass bei ihrem eigenen Tode das Hündlein Quedel mit ihr in einem Sarge liegen solle. Und das war das Hündlein und das Frauenzimmer, das man in Goslar den Fremden gezeigt. Auch das Altartuch hat man in jenen Tagen noch besehen gekonnt; ob es aber bis heute noch vorhanden ist, danach müsste man in Goslar einmal fragen.

Der Schatz auf dem Bocksberg

Vor längerer Zeit kamen aus dem fernen Italien viele Venezianer oder Venediger nach dem Harze. Und wen dies verwunderte, dem erklärte man, sie seien sehr gute Kenner der Erze und geübte Bergbauer. Überdies seien sie klug und verschlagen, hätten den gutartigen und leichtgläubigen Harzern schon so manchen Streich gespielt, und immer seien sie mit reichen Schätzen aus dem Harz wieder in ihre Heimat zurückgefahren.

Einmal wohnten drei miteinander befreundete Bergleute in Hahnenklee, jeder mit seiner Familie in einem kleinen Bergmannshaus; bei denen logierten von Zeit zu Zeit Venezianer, die brachten aus Italien allerlei Tropfen, Pülverchen, Salben und Tabletten mit, die gegen viele Krankheiten wirksam waren, und verdienten sie gut an diesem Geschäfte. Und doch merkten die Bergleute, dass dies nicht ihr eigentliches Begehr war, fragten sie doch jedesmal, ob nicht vor ihnen andere Venezianer hier gewesen wären und hätten den Bocksberg besucht. Und war das zu bejahen, schien es ihnen nicht recht zu sein; konnten sie das verneinen, so war ihre Freude groß. Es musste sie also wohl auch nach dem Bocksberge ziehen.

Dann waren die Venezianer wieder einmal da, hatten sich wie immer erkundigt und machten sich dann in einer Vollmondnacht nach dem Bocksberge auf. Und die Bergleute waren nun so voller Neugier, dass einer von ihnen den Italienern heimlich nachschlich. Vom Hauptweg ging es auf Nebenwege, und zog es die Venezianer zu einer abgelegenen Stelle unter einem Kastanienbaum. Hier begannen sie zu graben, dass ihre Schaufeln im Monde wie Silber blinkten, und sie gruben lange und tief, und dann schaufelten sie in ihre Beutel und Taschen. Der Späher merkte sich noch einmal genau die Stelle und lief dann zurück; denn er wollte vor ihnen zu Hause sein. Am folgenden Tage reisten die Logiergäste ab, und die drei Bergleute brannten vor Neugier und wollten noch diesen Abend die nämliche Stelle am Bocksberg untersuchen und dort nachsehen, was es da zu holen gäbe. Ja, sie träumten bereits von großem Reichtume, den sie da finden würden. Aber auf einmal sagte der eine Bergmann:

«Ich gehe nicht mit:
Was mir Gott hat zugedacht,
Das wird mir ins Haus gebracht.»

Die beiden anderen Freunde versuchten, ihn zu überreden, sprachen von dem Spaß, den es machen müsste, im Boden die Schätze selbst zu finden, allein, er hatte seinen Entschluss gefasst und fuhr zur Arbeit in den Berg. Die anderen beiden aber eilten zum Bocksberg, und der Späher zeigte dem Freund die Stelle unter dem Kastanienbaum. Im Schein ihrer Grubenlichte suchten sie an dem Platze, aber ohne Erfolg. Schließlich wollten sie aufhören und ihr Arbeitsgerät zusammenpacken, da schlug der eine von ihnen enttäuscht noch einmal kräftig zu, sie hörten einen Ton, und der andere rief: «Hier liegt etwas!» Also fingen sie noch einmal zu graben an, und was brachten sie nach oben? Ein Gerippe, das konnte von einem Reh, aber auch von einer Ziege stammen.

Unzufrieden waren sie schon gewesen, jetzt waren sie sehr enttäuscht. Und doch konnte der andere über den einen spotten, dass er sich durch den Ton so hatte täuschen lassen. Da packte den einen der Galgenhumor, und er sagte: «Von dem Vergnügen soll unser Kamerad aber auch seinen Anteil haben, lass uns ihm das Gerippe in sein Haus bringen. Er arbeitet im Bergwerk, seine Frau liegt schon zu Bette, die Türen sind offen, so werden wir es ihm ungesehen in die gute Stube legen.»

Sie sammelten die Knochen zusammen, und sie brachten wirklich das Gerippe in das Haus ihres Freundes und legten hier den Schädel auf den Tisch, da ein Schulterblatt auf ein Schränkchen, ein anderes kam auf die Fensterbank, mit Rippen belegten sie zwei Stühle, Teile des Rückgrats kamen auf die Bank usw., und von da machten sie sich auf ins Bergwerk. Hier fanden sie ihren Kameraden noch bei der Arbeit, und hatte er in ihrem Stollen mit Schlägel und Eisen vor Ort viel geschafft. Als er sie kommen sah und hörte, fragte er: «Na, habt ihr nun euer Schäfchen auf dem Trockenen? Ich denke, ihr braucht sicher nie wieder mit eurem Gezähe zu arbeiten.» Die aber antworteten: «Lass deinen Spott, du hast Recht, auch wir wären besser mit dir eingefahren und hätten auch fleißig geschafft.» Dann arbeiteten sie bis um Mitternacht, machten dann Schicht, begaben sich mitsammen nach Hause, und jeder ging in sein eigen Haus.

Als der dritte Bergmann, der nicht auf dem Bocksberge gewesen war, mit brennendem Grubenlichte sein Haus betrat und in die Stube kam, fasste ihn die Verwunderung; denn über den Raum verteilt standen und glänzten lauter schöne Tierfiguren aus purem Golde und Silber: Hirsche, Rehe, Wildschweine, Kühe, Kälber, Pferde, Ziegen, Vögel und viele andere. Er staunte sehr und fand großes Entzücken an ihnen, und nahm er eine kleine Statue nach der anderen in die Hände und wunderte sich über ihr Gewicht und die Schönheit ihrer Ausführung. Dann ging er zu Bett und dachte: «Meine Frau wecke ich nicht, es genügt, wenn sie in der Frühe dies Wunder sieht.»

Am Morgen stand die Frau auf, sah in der Stube die Schätze aus Silber und Gold, lief zurück in die Kammer zu ihrem Mann, weckte ihn und fragte: «Wo in aller Welt hast du diese

Sachen gefunden?» Der aber öffnete nur ein Auge und antwortete kurz: «Das hat mir mein Gott ins Haus bringen lassen», drehte sich wieder um und schlief weiter.

Nach einiger Zeit stand auch er auf, wusch sich und setzte sich an den Frühstückstisch; da kamen seine beiden Freunde voll schlechten Gewissens um die Hausecke und vermuteten, er wollte sie nun ihres gestrigen Unfugs wegen zur Rede stellen. Aber, o Wunder, er machte kein unwirsches Gesicht, sondern ein fröhliches und heiteres, ja, glücklich trat er ihnen entgegen und strahlte: «Freunde, so wie ich es vorhergesaget, so ist es nun eingetroffen. Und hat mir mein Gott gewaltige Schätze ins Haus bringen lassen. Tretet ein, jeder von euch wird seinen Anteil davon erhalten.»

Darauf öffnete er ihnen die Tür zu der Stube; sie schauten und standen, ohne sich zu bewegen. Konnten sie ihren Augen trauen? Dann sagte er: «Du, Freund, bekommst diesen Teil, du, Freund, diesen zweiten. Ich behalte den dritten Teil, und hat ein jeder von uns einen solchen Schatz, dass er nie wieder Schlägel und Eisen gebrauchen und unter Tage fahren muss.»

Beschämt bedankten sich beide bei dem dritten Kameraden für das gewaltige Geschenk und fragten sie ihn endlich, was er denn mit dem Gerippe angestellt habe. Doch wusste er von einem Gerippe nichts. Da berichteten sie ihm, wie es bei ihrer Schatzsuche auf dem Bocksberge so zugegangen und wie sie ihm das Gerippe ins Haus gelegt. Er aber wollte davon nichts hören und entgegnete: «Das macht nichts.»

Nun sammelte jeder seine Tierfiguren zusammen und schleppte sie nach Hause; denn eines jeden Reichtum wog gewaltig schwer. In späterer Zeit haben die drei Bergleute ihre goldenen und silbernen Tierfiguren nach Goslar verkauft. Und auch der Herzog von Braunschweig hat einige davon erhalten. Sie bekamen so viele Taler dafür, dass sie wirklich reiche Leute wurden und lebenslang blieben.

Und seit der Zeit ist kein Venezianer mehr auf dem Bocksberge angetroffen worden. Eine Sage aber verheißt, die Schätze im Bocksberg werden nun so lange ungreifbar bleiben, bis hundert Jahre lang kein vierbeiniges Tier den Bocksberg betreten. Da aber werden wir, glaube ich, noch lange zu warten haben.

Der Götze Krodo in Harzburg

Als die Germanen noch Heiden waren, da verehrten sie eine Vielheit von Göttern, die sie entweder dem Geschlechte der Asen oder dem der Vanen zurechneten. So gehörten zu den Asen Odin, der oberste Gott, und auch Donar, Tyr, Baldr, Heimdall und Frigg; zu den Vanen wurden Njörd und seine beiden Kinder Freyr und Freyja gezählt, sie waren Fruchtbarkeits- und Wachstumsgötter. Aber außer diesen gab es noch viele Götter, die entweder mindere oder auch nur lokale Bedeutung hatten.

In Bad Harzburg, früher Hartesborch, lag im heutigen Krodotal eine heidnische Kultstätte. Hier wurde Krodo verehrt, und das Volk hatte ihn in einem Hain als steinerne Statue errichtet, größer als jeder Mensch. So mussten alle zu ihm aufsehen.

Krodo war ein Gott der Fruchtbarkeit und Gesundheit, und fand im Frühjahr besondere Verehrung für ihn statt. Beim Winteraustreiben wurden vor ihm Feuer entzündet oder von den nahen Bergen Feuerräder hinabgerollt. Auch wurden junge Bäume im Hain gepflanzt. Die Menschen stiegen in einen geschmückten Brunnen nahebei und reinigten und wuschen sich; dann bemalten sie sich mit aus der Natur gewonnenen Farben und pflegten eine Art karnevalisches Treiben mit lauter Musik und wilden Tänzen, bei denen man sich mit frischen Birkenreisern schlug. Jedes Jahr auch trugen zwei dazu Auserwählte eine riesige, gelbe Sonnenscheibe an hohem Gestänge fünf Male um den Krodohain. Eier wurden roh oder gekocht verspeist, oft zuvor bunt bemalt. Aber als Abschluss dieser Zeremonien wurde Krodo auf einem Opfersteine ein Ferkel geopfert. So hatte man ihn besänftigt, und hoffte nun auf gute Ernten und Kindersegen.

Einmal kam eine junge Frau zum Standbilde des Krodo, fiel nieder vor ihm und trug ihm ihren Kinderwunsch vor. Sie lebe schon mehrere Jahre mit ihrem Manne und sei noch immer nicht Mutter geworden. Laut betete sie ihn an, lobte und pries ihn und bat ihn um Fruchtbarkeit ihres Schoßes.

Als sie fertig war mit dem Gebete, stund sie wieder auf und schaute dem steinernen Standbilde lange Zeit ins Angesicht. Da geschah es plötzlich, dass der Kopf des Krodo nickte, ein Mal, zwei Male, drei Male. Dann öffnete sich sein Mund und er sprach mit tiefer Stimme: «Bete mich einen Monat an, dann sollst du ein Kind haben.» Die junge Frau traute ihren Augen und Ohren nicht. Dann drehte sie sich um und lief zurück in ihr nahe gelegenes Dorf und erzählte ihrem Manne und den anderen Leuten, was ihr geschehen.

Doch glaubte ihr niemand. «Der Krodo steht da schon so viele Jahre, und hat er zu niemand bishero gesprochen. Das wirst du bei Tage geträumet haben.» Die Frau aber beschwor sie, ihr doch zu glauben. Da antworteten sie: «Dann wollen wir es selber sehen und hören.»

Und sie begleiteten sie zurück zu Krodo, und sie musste nun vor ihnen genau das tun und sagen, was sie zuvor getan. Aber, als sie jetzt ihr Gebet beendet und aufrecht vor der Götterstatue stund, da blieb er unbeweget und stumm. Da war für die Leute der Beweis erbracht, dass sie eine Lügnerin war.

Sie ging aber andern Tages erneut zu dem Krodo, ihn anzubeten, und war sie allein. Und nach ihrem Bitten nickte sein Kopf drei Male, und aus seinem Munde kam: «Du sollst ein Kind haben.» Da erzählte sie es im Dorfe, dass es wieder geschehen sei. Doch glaubte ihr niemand.

Aber ihr Mann war im Zweifel, ob sie nicht doch die Wahrheit spräche, schlich ihr am nächsten Tage nach und versteckte sich im heiligen Hain hinter einem dicken Baum. Und als sie ihr Beten beendet hatte und aufgestanden war, da nickte der

Kopf des Krodo drei Male und aus seinem Munde kam: «Du sollst ein Kind haben.» Und ihr Mann trat hinter dem Baume hervor und war froh, nun ihr Zeuge zu sein. Auch die Leute im Dorfe mussten es jetzt glauben. Jeden Tag ging die junge Frau zu dem Krodo, ihn anzubeten, aber fiel es ihr im achten und neunten Monat doch schwer; denn sie war wirklich schwanger geworden. Danach gebar sie ein gesundes Kind, und die glücklichen Eltern haben in der folgenden Zeit so manches Dankgebet vor dem Gotte gesprochen und brachten ihm Opfer dar.

Nun versuchten auch andere Anbeter, den Krodo zum Sprechen zu bringen. Und gelang es einem alten Manne, der gerade von schwerer Krankheit genesen; er wollte von der Statue wissen, wie viele Jahre Lebens er nun noch habe. Der Krodo nickte ein Mal mit dem Kopfe, dann sprach sein Mund: «Sechs Jahre.»

Wie ein Lauffeuer sprach es sich im Lande herum, dass der Krodo antworte und er ein Orakel sei. Und kamen die Leute von nah und fern, beteten ihn an und stellten ihm ihre Fragen. Doch er antwortete nur selten. Dann nickte er oder schüttelte mit dem Kopfe und sprach einen kurzen Satz. So blieb es viele, viele Jahre.

Die Sage erzählt, dass Kaiser Karl der Große bei seinen Feldzügen zur Christianisierung im Jahre 780 auch gegen die Ostsachsen und ihren König Widukind gezogen sei, dabei die damals Saturburg genannte Harzburg eingenommen und Widukind zum Christentume bekehrt habe. Dann sei er vor das Volk getreten und habe gefragt: «We is iuwe got?» (Wer ist euer Gott?) Und das gemeine Volk habe geantwortet: «Krodo, Krodo is unse got!» Darauf habe Kaiser Karl verfügt: «Hat krodo iuwe got, dat het de kroden duvel!» (Hieß Krodo euer Gott, dann heißt er von nun an der Krodoteufel!) Und er sei mit einigen seiner Soldaten zum Standbild des Krodo gegan-

gen und habe es umstürzen lassen, dass es in viele Teile zersprungen sei. An eben derselben Stelle aber habe er in folgender Zeit eine christliche Kapelle errichten lassen.

In Bochum wurde 1822 eine Schrift veröffentlicht mit dem Titel «Die im hiesigen Regierungsbezirk befindlichen Monumente der Vorzeit», in der unter der Rubrik «Andere Merkwürdigkeiten» auch aufgeführt wird: «Das wahrscheinliche Haupt des Crodo, eines von den alten Niedersachsen verehrten Idols». Es sei der «Kopf einer Götterstatue». Später soll er nach Bonn ins Museum gelangt sein.

Das fortgerutschte Schloss Wernigerode

Wernigerode am Nordrande des Harzes wird wohl schon im 9. oder 10. Jahrhundert zu Beginn der großen Rodungsperiode gegründet worden sein, wohl von Mönchen des Klosters Corvey, urkundlich erwähnt aber wurde es erstmals 1121. Aus dieser Zeit stammt auch der Vorläufer des heutigen Schlosses, das erste Schloss des Grafen Adalbert von Heimar, des späteren Grafen von Wernigerode, das an anderer Stelle lag. Davon handelt die Sage.

Das Schloss des Grafen von Wernigerode hatte alles, was ein Schloss brauchte: Es war umgeben vom Schlossgraben, dann kam die Ringmauer, in der es einen runden und einen eckigen Turm als Bergfried sowie einen Wehrgang gab; man betrat den Schlosshof durch das breite Tor beim Torhause, in dem der Wächter aufmerksam auf alles Acht gab. Drinnen lagen ein Wohngebäude mit Wohn- und Schlafräumen und ein Wirtschaftsgebäude, die alte Meierei, samt Backhaus und Schlossküche; auch fehlte ein kleines Waschhaus nicht und nicht die Kapelle. Neben dem Torhause stand der Marstall, an den sich ein kleines Schlossgärtchen mit Rosen schmiegte.

All diese Räumlichkeiten hatten dem jungen gräflichen Paare anfangs gut genügt, und lebten sie einige Jahre herrlich und in Freuden. Dann aber wurden die Kinder geboren, eine Tochter, später ein Sohn, und für sie mussten Betreuerinnen eingestellt werden. Auch wuchs die Zahl des sonstigen Gesindes, es kamen mehr Knechte und Mägde ins Schloss, und die Gesindekammern wurden zu eng. Dem Grafen fehlte eine kleine Bibliothek sowie besonders eine große Halle für das monatliche Rittermahl und zum Empfange, wenn weit gereiste Gäste zu begrüßen waren; der Gräfin aber gebrach es an einer eigenen Kemenate.

In der Küche stapelten sich Mengen an Zinnschüsseln, Herren- und hölzernen Löffeln, Gläsern, Humpen, Pfannen, Bratspießen, Mehltruhen, Zubern und Körben, und schrie alles nach Erweiterung der Räume.

Allein, an der jetzigen Stelle konnte das Schloss nicht erweitert werden. Nun hätte der Graf gern auf dem heutigen Burgberge ein neues, größeres Schloss errichten lassen wollen, jedoch dafür reichten die Barmittel in der gräflichen Schatulle nicht aus. Was war zu tun?

Immer wieder sprach das gräfliche Paar über ihren Mangel an Raum und, wie diesem abzuhelfen sei. Pläne wurden geschmiedet, beratschlagt und wieder verworfen.

Manches an Möbeln und Gerätschaften wurde in die Kellergewölbe hinabgeschafft, das half aber nicht viel. Und so sprachen sie ein paar Tage darauf erneut über die Enge im Schloss.

«Ich weiß mir einfach nicht mehr zu helfen», klagte der Graf der Gräfin. Aber die dachte ebenfalls noch einmal nach, und dann kam ihr eine Idee. «Wie wäre es denn, mein Gatte», fragte sie diesen, «wenn du unsere Not dem Hausgeiste vortrügest und ihn um Abhilfe bätest?»

An den Hausgeist hatte der Graf lange nicht gedacht, hatte er ihn doch gut und gerne ein ganzes Jahr nicht gesehen oder gehört. Es lebte nämlich auf dem Schlossboden, dicht unter dem Dache, ein Geist, der sich nur ab und zu zeigte. Er war ein gutmütiger Kobold, der auch zu Neckerei und Schabernack aufgelegt sein konnte; oft aber bewies er sich als wachsamer und hilfreicher Hausgeist, prüfte heimlich die Ehrlichkeit der Bediensteten, belohnte die Zuverlässigen und bestrafte die Diebe. Er weckte den Wächter, wenn er eingeschlafen war und schützte ihn so vor Bestrafung. Erbittert und böse wurde er, wenn Fremde sich dem Schlosse in keiner guten Absicht näherten; denn so etwas spürte er gleich heraus. Und vertrieb er sie dann durch derbe Späße auf ihre Kosten.

Den Graf dünkte das eine gute Idee, die seine Gemahlin gehabt, stieg also die Treppe und dann die steile Stiege hinauf bis zum Reiche des Geistes und rief ihn.

Erst rührte sich nichts. Aber dann öffnete sich doch die Tür eines verstaubten, alten Schrankes, der da auf dem Boden stand, von innen, und der Schlossgeist schlurfte heraus. «Was ist Euer Begehr, Herr Graf?», fragte er höflich. Der trug sein Anliegen vor und bat ihn um Hilfe.

Kaum aber hatte er seine Bitte ausgesprochen, da zog ein wundersames Klingen und Singen durch den Raum, und war der Gnom verschwunden.

Beruhigt stieg der Graf wieder Stiege und Treppe hinunter und legte sich schlafen.

Als er am anderen Morgen den Fensterladen öffnete, rieb er sich verwundert die Augen. Die Umgebung des Schlosses hatte sich verändert. Er lehnte sich aus dem Fenster: Da sah er die Häuser der Stadt Wernigerode tief unter sich am Fuße des Berges liegen, und musste das Schloss sich nun auf dem Berge befinden. Der Graf trat hinaus aus dem Schlosse und sah zu seiner Freude, dass hier oben rund um das Schloss nach allen Seiten Platz war, und konnte der Graf nun mit dem Erweiterungsbau beginnen.

Vorerst aber stieg er wieder zum Geiste hinauf, dankte ihm von Herzen und fragte, wie das habe geschehen können. «Es war ein schweres Werk», berichtete der, «ich habe mich fest gegen die Grundmauern gestemmt und das Schloss mit dem Zauberwort 'Rutsche fort! Rutsche fort!' nach dem jetzigen Platze hinüber- und hinaufgeschoben».

Dem Grafen soll dieses «Rutsche fort!» so gut gefallen haben, dass er seinem Jagdschlosse im Ardennenwalde eben diesen Namen gegeben haben soll. Und wird überliefert, die Franzosen, die es später ihm weggenommen, hätten es danach «Rochefort» genannt. Aber, muss man denn alles glauben?

Die Fahrt nach dem Brocken

In einem kleinen Städtchen am Harz lebte einmal ein junger Mann, der hatte ein hübsches Mädchen kennen gelernt, und weil sie einander bald sehr mochten, hatten sie sich verlobt. Und ging er nun täglich aus und ein im Hause des Mädchens und seiner Mutter.

Einmal, als es spät geworden war mit seinem Besuche, waren zur Mitternacht plötzlich Mutter und Tochter verschwunden. Und als sie nicht wiederkamen, wurde er neugierig, und ging er im kleinen Häuschen hin und her, fand sie aber nicht. Doch als er die steile Stiege hinaufging nach dem Boden, da hörte er sie flüstern und wispern, und musste er durch das Schlüsselloch gucken. Da erblickte er seine Verlobte und ihre Mutter, wie sie in eine Kristallkugel schauten und dazu Reimstrophen sprachen; nebenbei stand ein Räuchergefäß, dass der Rauch im ganzen Raum nur so waberte. Da wurde dem jungen Mann unheimlich und er stieg wieder hinunter und ging nach Hause.

Am nächsten Tage war alles wie sonst, und er wollte auch nicht fragen nach dem nächtlichen Tun der beiden. So vergaß er allmählich, was er da oben gesehen.

Aber dann kam der 30. April heran, und der junge Mann war wieder bei ihnen. Es ging auf die Mitternacht zu, und die beiden Frauen wurden unruhig. Schließlich sagten sie zu ihm, sie hätten oben im Hause etwas zu erledigen und verließen ihn. Er aber schlich ihnen nach und schaute wieder durchs Schlüsselloch. Da sah er, wie Mutter und Tochter sich nackt ausgezogen hatten und sich gegenseitig mit einer Salbe bestrichen, die sie aus einem Steintopfe nahmen. Als das geschehen war, holten sie eine pechschwarze Flasche und zwei Gläser herbei. In diese gossen sie eine dunkle Flüssigkeit aus der Flasche und tranken das Glas aus. Plötzlich waren beide samt ihren Gläsern verschwunden. Nun betrat der Verlobte den Bodenraum, und sah er dort allerlei wunderlich Gerät als Pfannen, Tiegel und Töpfe auf dem Tische und in schiefen Regalen, und waren dicke Spinnen, Mäuse und Schlangen in große und kleine Gläser gesperrt. Auch Räuchergefäße standen im Raum, gaben aber diesmal keinen Rauch von sich.

Dann wurde der neugierige junge Mann kühn, griff zur schwarzen Flasche, nahm selber ein Glas, schenkte sich ein und trank. Da war er mit einem Male auf dem Brocken und mitten unter vielen, vielen Hexen und Teufeln, und die meisten von ihnen waren nackt. Da fiel es ihm ein, dass es ja Walpurgisnacht war. Alle tanzten und schrien und lachten ganz ausgelassen miteinander. Auch erblickte er nun seine Verlobte und ihre Mutter, die sich gerade mit zwei Teufeln besprachen. Also mussten sie selber Hexen sein.

Der ganze Tanzplatz hier auf dem Brocken war mit schwarzen Kerzen taghell erleuchtet, und er sah, dass der Boden ganz aus festgestampften Knochen bestand. In der Mitte brannte ein großes Feuer, über das ab und an die eine oder andere übermütige Hexe einen gewaltigen Sprung tat. Im Hintergrunde standen der Hexenaltar und die Teufelskanzel, und auf ihr saß der Teufel lachend und trinkend und hatte gleich zwei hübsche Hexen auf dem Schoß. Eine dritte küsste ihm gerade seinen Pferdefuß.

Dann stellte ein Hexenmeister junge Neuhexen vor, denen der Teufel höchstselbst Hexensalbe und Hausgeist und die seltsamsten Namen gab, auf die sie mit Feuerwasser getauft wurden.

Nun musste ein Hexenopfer her. Und die letzte Hexe, die eben den Brocken erreichte, wurde dazu ausersehen. Sie wurde auf den Hexenaltar gelegt und unter grässlichen Liedern der Hexengemeinde verbrannt und geopfert.

Dann begann das große Festmahl des Hexensabbats. Aufgetischt wurden gesottene Spinnen und Ratten, Kröten und Frösche, hernach gab es gebratenes Menschenfleisch. Das war für die Hexen und Teufel sowie ihrer aller Herrn ein gewaltiger Schmaus.

Jetzt begann der große Tanz, und bald wirbelte ein wilder Reigen über den Tanzplatz, und der Teufel selber strich die Geige dazu. So ging das eine volle Stunde, bis alle völlig erschöpft niedersanken, und auf geheimnisvolle Weise kamen immer eine Hexe und ein junger Teufel beieinander zu liegen.

Plötzlich krähte aus einem Dorf am Fuße des Brockens der erste Hahn, und das Fest war jäh zu Ende. Der Teufel befahl allen Hexen, dass jede ihr Glas nehme und trinke, und gleich darauf flogen sie nach allen vier Windrichtungen auseinander. Der junge Mann, der sich gleich etwas abseits gestellt hatte, um das ganze Schauspiel zu betrachten, hatte aber das Glas zu Hause gelassen im Bodenraume, und konnte er also nicht zurückfliegen, sondern er stand bald mutterseelenallein auf dem Brocken und fror erbärmlich; denn die Nacht war sehr kalt. So musste er den langen Rückweg nach Hause zu Fuß antreten.

Doch wurde ihm wenigstens warm dabei, und er ging von Dorf zu Dorf, und nach vielen Stunden erreichte er seinen Ort. Als er bei seiner Verlobten und der künftigen Schwiegermutter eintraf, schalten beide sehr mit ihm, dass er sie belauscht und von der schwarzen Flasche getrunken habe, und sie wollten ihm einen Denkzettel verpassen. Sie ratschlagten hin und her; aber endlich kamen sie überein, ihn in einen Esel zu verhexen, murmelten dann «Asinus, / Asinus, / dir zum Verdruss!», und schon stand er als Grautier da und wurde des Hauses verwiesen. «Einen Esel brauche ich nicht!», spottete seine Verlobte.

Nun war guter Rat teuer. Was sollte er machen? So trabte der Esel betrübt von einem Hause zum nächsten, wobei er sein trauriges «Iah! Iah!» schrie.

Endlich erbarmte sich ein Bauer des Esels, und er nahm ihn in seinen Stall, und weil er ihn hungrig glaubte, legte er ihm Heu vor. Der Esel aber wollte nicht fressen. Das ärgerte nun den Bauern, hatte er doch dem Tier helfen wollen, er sagte: «Das verstehe, wer kann!» und jagte ihn aus dem Stall und vom Hof.

Nun irrte der Esel für Monate in der Gegend umher, fand ab und zu ein Stück Brot oder einen Fallapfel, so konnte er sein karges Leben fristen, ward aber sehr mager.

Eines Tages trieb es ihn zurück nach dem Hause seiner Braut, und dort schrie er kläglich. Als sie ihren vormaligen Bräutigam nun so jämmerlich mit gesenktem Kopfe und herabhängenden Ohren sah, da jammerte er sie. Sie rief ihn herein und bereute ihr Tun, konnte es aber nicht rückgängig machen; denn sie hatte inzwischen der Hexerei abgeschworen. Doch einen Rat wollte sie ihm geben: «Ich will dir helfen, aber du musst genau das tun, was ich dir sage: Wenn ein Kind getauft wird, so stelle dich vor die Kirchentür und lass dir nachher das Taufwasser über den Rücken gießen, dann wirst du deine menschliche Gestalt zurück erhalten.»

Der Esel tat also, und er hatte Glück. Schon am nächsten Sonntage war eine Kindstaufe angesetzt, und der Esel stellte sich vor die Kirchentüre. Als das Kind nun getauft und das letzte Kirchenlied gesungen war, wollte der Küster das Taufwasser draußen neben den Weg schütten, nur stand der Esel ihm im Wege. «Nun geh schon, alter Esel!», bat ihn der Küster, aber der Esel blieb störrisch und wich keine Handbreit. Da wurde der Mann ärgerlich, sagte: «Ich hab meine Zeit auch nicht gestohlen» und schüttete das Wasser über den Eselrücken. Plötzlich stand statt des Esels ein junger Mann da, und staunte der Küster nicht schlecht und rieb sich die Augen.

Der Bräutigam aber eilte zu seiner Braut, denn er hatte sie immer noch lieb. So heirateten sie und wurden miteinander glücklich.

Der Graf von Lutterberg

Die Stadt Bad Lauterberg im Harz hieß bis etwa zum Jahre 1530 Lutterberg, und dies nach seiner alten Burg auf dem Gipfel des Hausbergs. Dort herrschte in früher Zeit das Geschlecht derer von Lutterberg, die sich vom älteren Familienstamm Scharzfeld getrennt und eine eigene Linie begründet hatten. Und hieß es seit langem im Volke, dass die Grafen und Gräfinnen von Lutterberg anders waren als andere Grafengeschlechter, zeugte doch alles, was sie unternahmen, von Edelsinn, sowohl ihrem Stande als auch den Untertanen gegenüber, und waren sie letzteren, besonders den armen und bedrängten unter ihnen, allezeit ein verlässlicher und beständiger Schutz.

Durch dieses Verhalten mussten sie aber Feinde werden der Mönche in Walkenried, von denen die Sage berichtet, sie seien in damaliger Zeit die habgierigsten im ganzen Harze gewesen; dabei ungerecht, jähzornig, rachsüchtig und grausam. Wenn sie etwas besitzen wollten, ein Haus, eine Burg, ein Dorf, und sie konnten es nicht zu gutem Preise erhandeln, dann nahmen und raubten sie es mit Gewalt. Und waren ihre Taten alles andere als mönchisch oder christlich zu nennen.

Einst hieß der Graf von Lutterberg Hermann, und er war ein feiner, gebildeter junger Mann. Er war mit Hildegard von Scharzfeld verlobt und versprochen, einer klugen und anmutigen Jungfrau, und die Hochzeit sollte in wenigen Wochen auf Burg Lutterberg gefeiert werden. Liebende haben die Sehnsucht, einander so oft wie möglich zu sehen und beieinander zu sein. Das war bei Hildegard und Hermann nicht anders, und so trafen sie sich bald auf Lutterberg, bald auf dem Frauenstein der Burg Scharzfels.

Als Graf Hermann wieder einmal zu seiner geliebten Hildegard ritt, durch Wiesen und Wälder, da bereiteten ihm die

Mönche von Walkenried in einem Hohlweg einen Hinterhalt, und er konnte nicht mehr entweichen. Sie zerrten ihn vom Pferd herunter, warfen ihn auf den Boden, banden ihn wie einen Verbrecher und legten ihn bäuchlings auf sein Pferd. Dann ging es nach Walkenried.

Der dortige Abt hatte schon lange ein Auge auf die prächtige Burg Lutterberg mit ihren umliegenden Ländereien geworfen, zu gern wollte er sie besitzen. Zunächst ließ er den Grafen Hermann bei Wasser und Brot in den Turm sperren, und höhnte er ihn: «Jetzt bist du mein.»

Nach dreien Tagen aber ließ er ihn holen und sagte ihm ins Gesicht: «Ich will deine Grafschaft haben samt der Burg und allem, was dein ist. Dafür schenke ich dir das Leben.»

Graf Hermann aber wollte nicht. Da schlugen sie ihn einige Male hart, doch als er festblieb und nicht unterschreiben wollte, da hackten ihm die Mönche beide Hände ab, so dass er verbluten musste.

Nun wollten die Walkenrieder Mönche Hildegard fangen. Das war nicht leicht; denn die Jungfrau weilte am liebsten zu Hause in ihrer Burg Scharzfels, und sie ging nur selten aus.

Aber ein mönchischer Späher hatte dann doch einmal gesehen, dass Hildegard auf dem Wege nach Herzberg ausgeritten war und dem frommen Klausner an der Steinkirche einen Besuch abstattete.

Von ihm erhoffte sie sich etwas geistlichen Trost und Beistand; denn sie wusste sich nicht zu trösten über den jähen Verlust des Geliebten. Und saßen sie beide nun am Eingange der Steinkirche, schauten weit in die Niederungen des Odertales und sprachen miteinander.

Da erblickten sie die wilden Mönche aus Walkenried in ihren Kutten schnell heranreiten. Die Jungfrau fiel auf die Knie zum Gebete, und sie hob ihre Hände flehend gen Himmel und bat Gott, sie zu erretten. Plötzlich kam ein Tier um die Felsenecke, dergleichen die junge Frau niemalen gesehen. Es war ein großes, schneeweißes Pferd mit einem langen, geraden Horn auf der Stirn. Hildegard und der Klausner begriffen: Gott hatte dieses Tier ihr zur Flucht geschickt. Das Einhorn kniete nieder, so dass die Jungfrau aufsteigen konnte, und als sie oben saß, trat es mit ihr vorsichtig zurück um die Felsenecke und trabte mit ihr fort.

Als die Mönche zur Steinkirche heraufgekommen waren und Hildegard nicht sahen, wurden sie wütend. Und rächten sie sich an dem unschuldigen Klausner und stürzten ihn vom Felsen über der Steinkirche hinab. Zerschmettert blieb er liegen.

Hildegard aber ward von dem Tiere in die Scharzfelder Höhle gebracht, welche das Volk seit 1762 die «Einhornhöhle» nennt. Hier war sie sicher und soll noch viele Jahre dort gelebt und ein gottgefälliges Leben geführt haben. Endlich ist sie dort unvermählt gestorben.

Als die Burg Lutterberg nach Hermanns Ermordung nun herrenlos war, tobte der Streit um ihren Besitz ein ganzes Jahr. Und wurde sie endlich von den Landesherren an die nordthüringer Grafen von Hohenstein verlehnt. So hatten die Walkenrieder Mönche ihr schändliches Ziel nicht erreicht.

Wer in sternklaren Nächten in Lauterberg an der Lutter unten am Hausberge geht, der kann dort mit Glück der Hildegard begegnen, die noch immer den Grafen Hermann sucht. Sie weint leise vor sich hin. Wer ihr unbemerkt folgt, kann ihre goldenen Tränen finden und wird reich.

Die Herzberger unverweste Leiche

Wenn ein Volk an das Weiterleben seiner Gestorbenen nach dem Tode glaubt, wird es versuchen, die Körper der Toten so zu erhalten, wie sie sind, sie also vor Verwesung zu schützen. Die frühen Ägypter bestatteten ihre Toten in einfachen Gruben im trockenen, heißen Wüstensand, was eine natürliche Konservierung der Leichname durch Austrocknung bewirkte. Später entwickelten die Ägypter mehrere Arten, Tote einzubalsamieren und zu mumifizieren, wovon uns der griechische Geschichtsschreiber und Ägyptenreisende Herodot um 450 v. Chr. berichtet. Aber auch ohne Einbalsamierung ist es immer wieder vorgekommen, dass ein Gestorbener nicht verweste, sondern zur «Mumie» wurde, was dann vom Volke als ein Wunder angesehen wurde. So geschah das in den Bremer Bleikammern, in der Schlosskirche zu Quedlinburg, auf dem Bonner Kreuzberg und in der Wiener St. Michaelskirche, um nur einige bekannte Fälle zu nennen. Doch auch in Herzberg am Harz ist ein solcher Fall überliefert.

Von Conrad Schachtrupp aus Herzberg berichtet das Kirchenbuch, dass er «zeitlebens ein rechtschaffener Handelsmann» gewesen sei, bis er im Jahre 1677 im Alter von einundsiebenzig Jahren starb. Bestattet wurde er dann in einem von ihm selbst erbauten Familiengewölbe in der später abgebrochenen St. Bartholomäikirche. Als man 1787 das Grabgewölbe öffnete, fand man seinen Leichnam unverwest vor. Das sprach sich herum in der Stadt; und sahen es die einen als göttliches Wunder an. Aber die anderen verbreiteten das Gerücht, Schachtrupp solle wenige Jahre vor seinem Tode einen Meineid geschworen haben, und einer wollte sogar von der Urgroßmutter erfahren haben, worum es da gegangen war: Der Kaufmann Conrad Schachtrupp sei in Verdacht gefallen,

einen Handelspartner betrogen zu haben, und habe sich vor Gericht nur durch einen so genannten Reinigungseid freisprechen können: Wenn er wirklich ein Betrüger sei, dann «wolle Gott, dass mein Körper nie verwese», so habe er gesprochen. Jetzt erweise sich also der damalige Verdacht doch als wahr.

Manche Menschen haben einen wechselvollen Lebenslauf. Von Conrad Schachtrupp aber kann man sagen, er habe einen unruhigen Todeslauf gehabt. Sein Leichnam gelangte nämlich noch bis nach Göttingen; umstritten ist nur, auf welchem Wege und durch wen.

Die einen sagen, der Herzberger Arzt Dr. Reimke habe im Jahre 1791 dafür gesorgt, dass Schachtrupp an das Museum in Göttingen kam. Die anderen wollen diese Tat dem damaligen neuen Pastor zuschreiben: Der habe ihn dem Göttinger Assessor Blumenbach übersandt, dem nachmalig berühmten Anatomen. Nach wieder anderen sei die unverweste Leiche Schachtrupps zunächst in Herzberg verblieben und ins dortige Beinhaus gekommen. Ihr kurioser Ruhm aber hatte sich weit durch die Lande verbreitet.

So hätten einmal Göttinger Studenten einen Ausflug nach Herzberg gemacht und ein komfortables Wirtshaus aufgesucht; sie aßen und tranken und waren fröhlich. Auf einmal sei einer aufgestanden und habe ein Studentenlied angestimmt, und alle hätten mitgesungen. In dieser fröhlichen Stimmung habe dann einer sich getraut, den Wirt nach der «Herzberger unverwesten Leiche» zu fragen, von der man überall Rühmens höre, und habe der auch bereitwillig Auskunft gegeben. «Können wir denn die Leiche einmal sehen?», war dann die kühne Frage. «Wir sind wissbegierige Studenten, wir wollen sie studieren.» Der Wirt dachte wohl bei sich: «Der Gast ist König» und sagte: «Ich habe da eine kräftige Magd, die fürchtet sich vor nichts und niemand. Die kann, wenn Ihr an Lohn nicht knausert, Euch gern die Leiche zu Eurer Besichtigung holen.»

Die Magd ward ins Gastzimmer gerufen, und Studenten und Magd wurden sich schnell einig, sie solle einen Gulden Lohnes erhalten, wenn sie die Leiche hole. Nach einer halben Stunde erschien die Magd mit der Leiche auf dem Rücken und warf diese in die Gaststube. Nachdem die Studenten die Mumie gründlich betrachtet und über deren guten Zustand sich verwundert hatten, hoben sie sie auf und setzten sie zwischen sich auf einen Stuhl an den Wirtshaustisch. Und, schon etwas berauscht, setzten sie auch ihm einen Becher vor, schenkten ihm ein und taten ihm Bescheid. Und der rechts neben Schachtrupp saß, der führte bei jedem «Vivat!» und «Prosit!» seinen ausgetrockneten, rechten Arm mit dem Becher zu seinem Munde und gab ihm zu trinken, so dass der Gerstensaft durch Conrad Schachtrupps weitgeöffneten Mund auf seinen Körper und an diesem hinab floss.

So vergnügten sie sich einige Zeit, aber dann riefen sie der Magd, und wurde diese gebeten, den Schachtrupp nun wieder fortzutragen; allein sie weigerte sich. Sie habe sich den Gulden allein für das Holen der Leiche verdient. Mehr Geld ausgeben wollten oder konnten die Studenten nicht, und da auch der Wirt die Leiche nicht zu behalten gedachte, so banden die Studenten sie bei ihrer Rückfahrt oben auf den Gepäckhalter ihrer Droschke und nahmen den Conrad Schachtrupp mit.

Als sie zum heutigen Auekrug und zur Oderklause kamen, und die Straße hinab zur Oder war recht steil gewesen und holprig, da rasselte es hinter ihnen, und der Kutscher hatte Mühe, die Kutsche zum Stehen zu bringen. Die Studenten stiegen aus und sahen, der Conrad Schachtrupp war nicht mehr da. Also mussten sie einiges an Weg zurück laufen, und sie fanden ihn am Straßenrande sitzen mitten im Gras, und hatte er die rechte Hand erhoben, so dass es aussah, als wolle er sie grüßen. Da ward es aber auch dem Tapfersten von ihnen gruselig. Aber hier lassen wollten sie ihn auch nicht. So überwanden sie sich, gingen hin, trugen ihn wieder zur Kutsche und schnallten ihn dieses Mal fester darauf als zuvor, und ab ging es erneut nach Göttingen.

Dort wurde er dann im naturhistorischen «Academischen Museum der Universität», einem Teil der Blumenbachschen Sammlungen, in einem Schrank zur Schau gestellt, was noch aus dem Jahre 1870 belegt ist. Als später dann diese Sammlungen aufgeteilt und teilweise aufgelöst wurden, war die Mumie Schachtrupps für lange Jahre verschwunden. Doch fand sie sich nach dem Zweiten Weltkriege in einer dunklen Kellerecke eines Institutsgebäudes wieder. Sie kam ins Gerichtsmedizinische Institut der Universität, wie es damals noch hieß, und wird in einem Schaukasten ausgestellt.

Der Erzähler dieser Sagen erinnert sich, als junger Student auch die gerichtsmedizinischen Vorlesungen gehört und in einer der Stunden die unverweste Herzberger Leiche des Conrad Schachtrupp gesehen zu haben. Sie hing an einem Halter für Erdkundekarten, ihr Unterkiefer hing tief herunter und Professor Otto Schmidt erläuterte den gerichtsmedizinischen Befund.

Der Zukünftige im Kamin

Wer Andreas heißt, hat am 30. November Namenstag. Der Andreastag wird zu Ehren des heiligen Andreas gefeiert, er und sein Bruder Petrus waren Fischer und wurden dann Jesu Jünger, also Apostel. Früher endete das Kirchenjahr an eben diesem Andreastage, ab 1. Dezember begann das neue. Und ähnlich wie beim weltlichen Jahreswechsel war es auch beim geistlichen üblich im Volke, auf das alte Jahr zurück- und auf das neue vorauszuschauen. So stellte man mancherlei Orakel an, besonders wer noch ledig war als junges Mädchen oder als junger Bursch, die wollten erfahren, ob sie im nächsten Jahr heiraten würden und wen.

So sind aus mehreren Regionen Deutschlands Heirats- und Liebesorakel überliefert, die am Andreastage angestellt wurden, zum Beispiel das Apfelorakel, bei dem ein Mädchen einen Apfel so schälen musste, dass die Schale ein unzerschnittenes langes Band bildete; dieses warf sie dann hinter sich. Ließ sich aus dem Apfelschalenband ein Buchstabe erkennen, so war es der erste im Namen des Zukünftigen. Andernorts stiegen die Mädchen rückwärts ins Bett, mit dem linken Fuße zuerst, und sprachen sie dabei: «Heiliger Andreas, ich bitt' dich, / Bettstatt, ich tritt dich, / lass mir erschein'/ den Herzallerliebsten mein!» Bei einem anderen Hochzeitsorakel wurde mit Kreide ein ganzes ABC an die Tür geschrieben, und musste der Bursch oder das Mädchen mit verbundenen Augen daran vorübergehen und dabei zweimal auf einen Buchstaben weisen, die dann die Initialen des Namens der oder des Zukünftigen waren. Aber es gibt auch noch andere Mittel, am Andreastage den Künftigen zu erblicken.

In Hattorf diente einmal eine Magd auf einem Bauernhofe viele Jahre, und tat sie in Haus und Stall alles, was die Bäuerin ihr sagte. Sie kochte und buk für das Bauernpaar und die Kinder, reinigte das Geschirr, machte für alle die Wäsche, half dem Bauern beim Kühe Melken und Stall Ausmisten, fütterte alle Tiere, fuhr Heu mit ein und half bei der Ernte von Zuckerrüben und Kartoffeln. Und kümmerte sie sich auch dazwischen um die kranke Frau des Bauern. So konnte es nicht ausbleiben, dass sie und die Bäuerin mit der Zeit zu Freundinnen wurden und nach der Arbeit des Tages am Abend in der guten Stube beisammen saßen und miteinander so manches besprachen.

Und erzählte die Bäuerin aus ihrer Jugend, die sie woanders hatte erlebt, von den Menschen dort und der Arbeit, aber auch von Festen und anderlei Speisen.

Dann war einmal wieder der 30. November herangekommen, und fragte die Bäuerin ihre Magd, ob sie wüsste, dass es ihr am Abend des Andreastages gelingen könnte, den Namen ihres zukünftigen Ehemannes zu wissen. Davon nun hatte die Magd noch niemals gehört, und wehrte sie zudem ab, sie wolle es auch gar nicht zu wissen bekommen. Doch die Bäuerin ließ nicht locker, das müsse für sie doch von Wichtigkeit sein, und sie brauche sich nur um Schlag Mitternacht splitterfasernackt vor die Feuerstelle zu stellen und dann nach oben in den Schornstein zu blicken. Dort könne sie ein Bild ihres Zukünftigen sehen. Sei dieses aber nicht dort zu schauen, so säße er gewiss im Ofenloche. Wenn sie aber schon heimlich einem jungen Manne versprochen und anverlobet wäre, dann werde sie da erfahren, ob es auch wirklich eine Hochzeit gäbe. Und wünsche sie ihr, dass ihr kein Toter erscheine, denn das sei das Zeichen, dass der Bräutigam noch vor der Hochzeit von dieser Erde gehen und sterben werde.

Die Magd sagte «Gut Nacht!» und ging in ihre Kammer. Aber ließ ihr, was sie eben gehört, keine Ruhe und ging es ihr immer und immer im Kopfe herum. Wenn sie ehrlich war, dann hätte sie doch schon ganz gerne gewusst, wer ihr kommender Hochzeiter werde sein. So stand sie kurz vor Mitternacht auf, zog das Nachthemd ab vom Körper, tappte in die Küche und stand dann nackt vor der Feuerstelle. Dann hörte sie die Mitternachtsschläge vom nahen Kirchturm und schaute nun hoch in den Schornstein. Doch war darin nichts zu sehen außer Ruß von vielen Jahren. Also zündete sie eine Kerze an, wendete sich zum Ofenloch und schaute hinein. Aber, o Schreck!, darin saß der Bauer im Hemd, und starrte er sie an.

Da wandte sich die Magd jäh um und lief wie von Furien gehetzt in ihre Kammer und schloss den Schlüssel herum. Nun war sie sicher. Zitternd vor Angst und Scham stand sie da und konnte sich lange nicht beruhigen.

Am nächsten Tage, als der Bauer zur Feldarbeit draußen war, so kam die Bäuerin, die wissen wollte, wen sie als ihren Zukünftigen habe gesehen. Da berichtete die Magd von der Mitternacht, und wurde sie rot und schämete sie sich. Doch tröstete die Bäuerin sie und sagte: «Das war nicht Recht von meinem Manne. Er muss mit angehört haben, wie ich dir den Rat mit Schornstein und Ofenloch gab. Und wollte er dich nackt sehen.»

Nach einigen Jahren aber starb die Bäuerin an ihrer Krankheit, und nahm sich der Bauer die Magd zur Frau. Und so hatte das von der Bäuerin geschilderte Orakel des Andreastages sich nun im Nachhinein als recht erwiesen.

Der Wechselbalg

Zwischen Wulften, Hattorf und Schwiegershausen, also südlich von Osterode am Harz, lag einst das bedeutendste Flachsanbaugebiet des gesamten Fürstentums Grubenhagen.

Flachs oder Lein wurde angebaut, um die Faser für Leinen zu gewinnen. Viele Bauern besaßen sogenannte «Flachsgärten», es gab sogar «Flachsbauern», die mit ihrem alleinigen Produkt die Leineweber belieferten, deren es in der Gegend viele gab. Bauernregeln nahmen auf dieses Gewerbe Bezug. So hieß es zum Beispiel vom 2. Februar: «Ist Lichtmess hell und klar, / gibt es ein gutes Flachsjahr.» Flachsanbau, seine Verarbeitung zu Leinen und das Leineweben waren mühselige Tätigkeiten, die keinen reich machten.

In Wulften wohnte vor langer Zeit ein armes Leineweberpaar, deren Sohn gerade einundeinhalb Jahre alt war. Die Frau verspann mit einer Magd die Fasern im Winter zu Flachsgarn, der Mann webte es das ganze Jahr über zu feiner Leinwand, die so gut gewebt war, dass sie vom Leggemeister bei der Prüfung immer die besten Stempel erhielt. Webfehler kamen bei ihm nicht vor. Seine Handtücher, Aussteuersäcke, Leinenwäsche und Betttücher waren in der Gegend berühmt. Dennoch konnten sie sich mehr schlecht als recht ernähren, obgleich sie das ganze Jahr über fleißig waren.

Eines Tages nun musste die Frau etwas in Osterode besorgen, und nahm sie ihren kleinen Sohn in einer Kiepe auf dem Rücken mit sich. Ihrem Manne konnte sie ihn nicht lassen; der Junge hätte gewiss am Handwebstuhle die Kettfäden verwirrt oder sonstigen Unfug angestellt.

Die Kiepe war leicht, der Sohn auch noch nicht schwer, so wurde ihr der lange Weg nicht sauer. Auch stand die Natur in Blüte, so dass sie sich an den blauen Flachsfeldern freuen konnte.

Fast war sie bis Schwiegershausen gekommen, da stand auf einmal neben einem dicken Eichstamm ein kleines, vollbärtiges Männchen am Wegesrand, dessen Haut grau und Gewandung seltsam war. Es stand da, glotzte sie an und hatte nicht nötig, ihr die Tageszeit zu bieten. Ihr gruselte ein wenig bei seinem Anblicke, und so wurde ihr Schritt schneller, dass sie ihn bald hinter sich ließe.

Sie kam nach Schwiegershausen und wieder hinaus gen Osterode. Da merkte sie, dass ihre Kiepe schwerer als bisher geworden war; denn es tat ihr der Rücken weh. Auch noch etwas hatte sich verändert: Sie hatte ihrem Sohn ab und zu beim Gehen etwas gesungen oder ihm dies und das gezeigt, und immer hatte er geantwortet. Aber nun war schon länger kein Mucks mehr von hinten gekommen. Also setzte sie die Kiepe nieder und erschrak, saß darin doch ein hässlicher, grauer Zwerg mit dickem Kopf, der glotzte sie reglos an.

Nun wusste sie, was geschehen: Der Gnom vor Schwiegershausen musste ihr Kind gegen diesen Wechselbalg ausgetauscht haben, ohne dass sie es gemerkt hatte. Sie war verzweifelt, doch was sollte sie tun? Sie redete das Zwergenkind an, erhielt aber keine Antwort. So hob sie die Kiepe zurück auf die Schulter und ging weiter ihren Weg nach Osterode.

Dort machte sie ihre Besorgungen und trat traurig den Heimweg zurück nach Wulften an. Ihrem Manne am Webstuhl schilderte sie ihr Unglück, und gemeinsam weinten sie über den Verlust ihres Sohnes. Aber, was half's? Sie wussten von ihren Großeltern, dass, wenn einem die Zwerge einen Wechselbalg überantworten, man sich darum bemühen muss, ihn zum Sprechen zu bringen. Allein, was auch immer sie mit dem Zwerge anstellten: Er blieb stumm.

So ging das beinahe zwei ganze Jahre. Der Wechselbalg schwieg, aber er aß und trank für drei. Die Leineweber hatten so ihre liebe Not damit, ihn leidlich satt zu kriegen. Kaum

hatte er seine ungeheure Portion in sich hineingeschlungen, schon deutete er mit den Fingern wieder auf seinen Bauch und machte das Maul auf.

Der Zwerg wurde dabei nicht größer, lachte nicht, sprach nicht, und seine Hässlichkeit konnten die Zieheltern kaum mehr ertragen. Wo war ihr eigenes Söhnchen? Wie mochte es ihm ergehen? Sie sehnten sich nach seinen hübschen Gesichtszügen. Würden sie ihn jemals wiedersehen?

Zuletzt ging die Frau in ihrer Not zum Schulmeister von Wulften, zum Herrn Hesse. Der galt in der ganzen Gegend als gewaltig kluger Mann, der sich auch auskannte in Dingen, die sonst verborgen liegen. Er hörte sich alles genauestens an, wiegte den greisen Kopf hin und her und nahm dann ein dickes Buch aus dem Bücherregal, dessen Seiten vergilbt waren. Lange blätterte er darin und las hier und las dort. Dann gab er der Frau den Ratschlag, den Wechselbalg auf die kalte Seite des Küchenherds zu setzen und danach in zwei Eierschalen vom Brunnen her Wasser zum Brauen zu holen. Darauf würde der Zwerg zu sprechen beginnen, und wenn er einmal geredet hätte, dann sei der Bann gebrochen, und müssten ihn die anderen Zwerge holen und ihr das eigene Kind zurückgeben.

Also tat die Frau, setzte den Wechselbalg auf den kalten Herd, machte an der anderen Seite Feuer, holte aus dem Brunnen in zwei Eierschalen Wasser und begann, es zum Sieden zu bringen. Dabei sah ihr der Gnom aufmerksam zu. Plötzlich schüttelte er seinen Klotzkopf hin und her. Dann hielt er es nicht mehr aus, machte den Mund auf und sprach: «Nun bin ich so alt wie der Westerwald und habe doch nicht gesehen, dass Wasser in Eierschalen gekocht wurde.» Und er fing an, darüber zu lachen, und hatte das Lachen fast kein Ende.

Als eingetreten war, was der kluge Lehrer ihr vorausgesagt, hob die Frau den Zwerg vom Herde hinunter, stellte ihn zurück auf den Küchenboden und wartete, dass die Zwerge kämen und den umgekehrten Wechsel der Kinder vornähmen. Doch nichts geschah. Sie aber beriet sich noch einmal mit dem Lehrer.

Nun jährte sich bald der Tag, an dem ihr das Kind vertauscht worden, da setzte sie den Wechselbalg in ihre Kiepe und ging mit ihm auf dem Rücken den nämlichen Weg nach Osterode wie vor zwei Jahren. Da erblickte sie an ebenderselben Stelle, neben dem dicken Eichstamm, dasselbe kleine Männchen stehen, dem sie damals begegnet. Der redete den Wicht in der Kiepe gleich mit unwirschen Worten an: «Hast du denn vielleicht geschwatzt?» – «Ja, das tat ich», antwortete der. «Die Frau machte so närrisches Zeug, dass ich reden und lachen musste.»

Der Schulmeister hatte ihr geraten, sich ja nicht umzusehen nach dem Kind in der Kiepe, sondern wie damals fortzugehen nach Osterode und dann erst zurückzukommen nach Wulften. Das tat die Frau auch, und als sie endlich wieder zu Hause eingetroffen war, da konnte sie wirklich ihr rechtes Kind aus der Kiepe heben.

Wie glücklich die Eltern waren! Sie schauten und schauten ihren Sohn genau an, der war zwei Jahre älter geworden und zu einem hübschen Kleinkinde herangewachsen. Sie küssten und herzten einander. Dann fragten die Eltern, wie es ihm bei den Zwergen ergangen sei. Da erzählt ihnen der Junge: «Als Mutter mit mir nach Osterode ging, da hat mich ein kleines Männchen aus der Kiepe genommen und ist mit mir zu einem Berg gegangen. Dort pflückte es eine schöne Blume und hielt sie vor den Berg; der öffnete sich auf einmal. Als wir hineingegangen waren, sah ich da noch viele Zwerge, die in der Höhle arbeiteten. Die Zwerge sind stets gut zu mir gewesen, und sie haben mir reichlich zu essen gegeben. Zuletzt waren sie auf einmal alle sehr traurig, und als ich sie nach dem

Grund ihres Kummers fragte, antworteten sie, dass sie mich nun wieder zurück zu meinen Eltern bringen müssten, und sei das ein großes Unglück für sie.»

Da freuten sich alle, dass sie nun wieder zusammen waren, und der Vater Leineweber konnte sich endlich wieder beruhigt an seinen Webstuhl setzen.

Das Fräulein von der Bomöneburg

Die bei Rhumspringe im Vorharze zu Tage tretende Rhume fließt vorüber an Gieboldehausen, Bilshausen, Lindau und Katlenburg; wo sie sich aber dann der Stadt Northeim nähert, dort lag am Abhange des Höhenzugs Wieter einst die Bomöneburg.

Zu der frühen Zeit, als das Christentum in unsere Lande von mutigen Missionaren getragen und gepprediget ward, da wohnte auf der Bomöneburg ein stolzes Edelherrengeschlecht, ein Burgherr und seine Gemahlin, und hatten sie eine gar wunderschöne Tochter, Kunigunde geheißen.

Eines Tages kam ein wandernder Mönch zur Bomöneburg, und bat er höflich, eingelassen zu werden und wolle er ein Gespräch führen mit den Edlen auf der Burg. Der Edelherr war ein gebildeter Mann und einem Gespräche nicht abgeneiget; so ließ er den Mönch herein. Der befragte dann Burgherrn, Burgherrin und Burgfräulein nach ihrem Glauben, an welche Götter und Göttinnen sie ihre Bitten richteten und wem sie ihre Opfergaben darbrächten. Als diese geantwortet, kündete er ihnen von Gott, Jesus Christus und dem Heiligen Geiste und trug er ihnen das Christentum vor, die Liebe zu Gott und die Nächstenliebe zu den Menschen, sprach ihnen von Schuld und Sühne, von Demut und Vergebung, und dass Gott die Menschen liebe und sie auch nach sündlichem Leben zu sich in den Himmel und ins Paradies aufnehme, und schilderte der Mönch das alles mit solchem Feuer, dass der Burgherr und seine Gemahlin den neuen Glauben annahmen und versprachen, eine Kapelle bauen zu lassen innerhalb der Burgmauern. Allein das schöne Burgfräulein konnte und konnte keinen Gefallen finden an all dem, sondern verharrte Kunigunde in ihrem gewohnten Glauben an die germanischen Götter, die

Asen, an Wotan, Donar, Freya, Baldur, Freyr, Hel und Loki, und werde sie weiterhin diesen ihre Opfer bringen. Der Mönch bedauerte dies, aber musste er zuletzt schweigen; denn das junge Fräulein von der Bomöneburg stand auf und verließ den Saal.

So taufte der Mönch das Elternpaar zu Christen und zog wieder seiner Wege.

Kunigunde aber ging hinaus in den alten heiligen Hain ihrer Götter im nahen Rethoberge bei Wiebrechtshausen und Denkershausen. Dort befand sich auf einer kleinen Anhöhe mitten im Walde ein Opferstein und der Altar des Retho, und dem opferte sie, bald Schmuck, bald Feldfrüchte, bald edle Blumen, bald ein kleines Tier. Auf diese Weise stimmte sie den Retho und seine Mitgötter gnädig.

Nun hatte sich bis weit in das Land hinaus die Kunde verbreitet von dem schönen Edelfräulein Kunigunde auf der Bomöneburg bei Northeim, und kamen stattliche, junge Edelleute gezogen und hielten als Freier um ihre Hand an. Und waren sie alle dem neuen Glauben ergeben. Doch blieb Kunigunde fest und sagte ihren Eltern: «Mein Ehegemahl soll ein Heide sein.»

Eines Tages kam wieder ein fremder Reitersmann als ihr Freier vor die Burg geritten, und stieß der Türmer in sein Horn und kündigte den Besucher an. Der Torhüter lief geschwind zu seinem Herrn, ob er den Fremden einlassen dürfe. Der schaute aus dem Saale und sah einen Ritter tadellos auf dem Pferde sitzen, ihn höflich grüßen und sich auch artiglich gegen ihn verneigen. So gab er den Befehl, die Zugbrücke herniederzulassen, und ritt der Besucher auf den Burghof. Auch das Burgfräulein hatte aus dem Fenster ihrer Kemenate heraus den neuen Freier sich genau besehen und hatte sie bemerket, wie er sich abwandte von der Stelle, da im Burghofe ein Kreuz aufgestellet war. Da dachte die Jungfrau heimlich bei sich: «Dieser ist auch ein Heide geblieben, und wenn er mir auch sonst gefallen kann, soll er der Richtige sein.»

Der Reitersmann bewegte sich mit feinem Anstande unter der Schar der edlen Herren auf der Burg. Er zeigte Zucht und Maße, die Zierden des höfischen Edelmannes, und gewann er binnen kurzem das Herz der Schönen. Den Eltern aber ward es schwer ums Herz, spürten sie doch, dass dieser Freier nicht der Richtige war, konnten es aber nicht benennen. So baten und flehten sie Kunigunden an, nicht diesen Fremden zu nehmen, allein, vergeblich, sie wollte und wollte nicht hören. Da beide, Ritter und Edelfräulein, nun eines Sinnes und zur Heirat entschlossen waren, verlobten sie sich einander am dritten Tage. Der Tag der Hochzeit wurde bestimmt, und kamen sie überein, dass die Trauung nicht in der frisch errichteten Kapelle solle stattfinden.

Die Vorbereitungen zur Hochzeit wurden geplant und ausgeführt, die Trauzeugen waren gewählt, die Brautjungfern bestimmt, und ein wunderschönes Brautkleid hing im Schranke.

Der Hochzeitstag kam heran. Dann trafen die Gäste ein und gratulierten der Braut und den Eltern, und tranken sie ihnen Bescheid. Nun fehlte nur noch der Bräutigam. Aber zur festgesetzten Stunde war er nicht da. Die Braut und mit ihr die ganze Hochzeitsgesellschaft warteten vergeblich auf ihn. Das Hochzeitsmahl wurde aufgetragen, doch hatte die meisten der gute Appetit verlassen.

Der Nachmittag verstrich, es wurde Abend. Wartend und verstört saßen alle im großen Rittersaale. Die Braut hatte enttäuscht den Hochzeitsschmuck abgelegt. Blass und in sich gekehrt schaute sie vor sich nieder. Und versuchte ihre Mutter vergebens, sie auf die eine oder die andere Art zu trösten. Auch wollte kaum einer sprechen, also dass ein großes Schweigen die ganze Gesellschaft lähmte.

Plötzlich erhob sich ein fürchterlicher Sturm, der durch die geöffneten Fenster in die Räume der Burg drang. Um Mitternacht erreichte der Sturm seinen Höhepunkt. Jäh fuhr der Bräutigam unter Blitzen und Donnern zum Fenster herein. Er trug eine nachtschwarze Rüstung. Die Hochzeitsgesellschaft saß da wie versteint, und wagte es niemand, sich zu rühren. Denn jeder hatte mit Grauen erkannt, um welchen Ritter es sich da handelte, und war der Schwarze niemand anderes als der Herr des Bösen selber. Schnellen Schrittes ging er auf die Braut zu, lachte ein grässliches Lachen und fasste sie. Zwar wehrte sich Kunigunde verzweifelt gegen den Unhold, aber ihr half kein Widerstreben. Er nahm die schöne, bleiche Braut mit Gewalt und schleppte sie mit sich von dannen.

Die Bomöneburg aber hat danach nicht mehr lange gestanden. Sie fiel wenige Jahre später einer heftigen Fürstenfehde zum Opfer. Und ist kein Stein von ihr erhalten geblieben, so sehr man auch danach gesucht und gegraben.

Aber noch immer erzählen die alten Northeimerinnen von der unglücklichen Heidin und Braut. Der Erzböse hat sie in den Rethoberg nahebei gebracht, wo sie noch heute lebt, und darf sie ihn nicht verlassen. Nur einmal im Jahr darf sie hinaus, um an die Rhume hinunterzugehen und sich da zu waschen. Weinend kehrt Kunigunde dann in den Berg zurück, und niemand könnte ihr helfen. Begegnet ihr aber unterweges ein Mädchen, dann wird sie mit großer Schönheit beschenket, wenn sie sich nach der Begegnung im kühlen Wasser der Rhume das Gesicht wäscht. Doch muss ein solches Mädchen schweigen, sonst verliert dieser Zauber seine Wirkung. So hat man leider niemals davon erfahren, welchem Mädchen solch ein Wunder geschehen. Nur die ganz Alten wussten, wie es denn gekommen, dass ein stilles und unauffälliges Mädchen über Nacht zur großen Schönheit geworden.

Die weißen Hirsche von der Plesse

Als Friedrich I., den man seines rötlichen Bartes wegen «Barbarossa» nannte, deutscher Kaiser war, also im 12. Jahrhundert, da stand am Rande des Leinetales eine mächtige Höhenburg, die Burg Plesse. Erstmalig 1015 urkundlich erwähnt, ist sie wohl von den Grafen von Reinhausen-Winzenburg erbaut worden. Ab 1150 zogen hier dann die Edelherren von Plesse ein.

Die Burg, die auf einem fünfzig Meter hohen Grat lag, war durch Wehranlagen geschützt: Es gab ein Wehrgebäude, einen Wehrgang, Arkaden, ein Unteres Tor, einen Burggraben und einen halbrunden Turm. An Gebäuden waren ein weithin in der Ebene sichtbarer kleiner Turm und ein großer Turm vorhanden, ein Mittelhaus, ein breiter, alter Herrenbau, ein Marstall, eine Kapelle mit Sakristei und ein Pforthaus, alles in allem mit Vorhof, Mittel- und Schlosshof eine gewaltige Anlage, die nach ihrer Restaurierung seit längerer Zeit wieder besichtigt werden kann.

Damals aber lebten auf der Burg Plesse der Ritter Otto, seine Gemahlin und ihre zwei kleinen Söhne sowie Ottos jüngerer Bruder, der unverheiratet war.

Da kam zu ihnen die Kunde, dass der muslimische Sultan Saladin mit seinen Sarazenen am 2. Oktober 1187 die Stadt Jerusalem erobert hatte, die Stadt also, die für alle Christen die heilige Stadt ist. Deshalb rief Papst Urban III. zum dritten Kreuzzuge gegen die Heiden auf. Kaiser Friedrich übernahm den Befehl über das deutsche Heer, und Otto von der Plesse wollte sich den anderen deutschen Rittern anschließen.

So übertrug er seinem Bruder den Schutz für seine Ehefrau und die Kinder; auch solle er die Güter bis zu seiner Rückkunft mit aller Sorgfalt verwalten. Als ihm sein Bruder dies alles hoch und heilig versprochen, machte sich Otto mit seinem Gefolge auf den langen Weg nach Osten.

Aber Ottos Bruder war falsch. Seit vielen Jahren schon war er voll Neid auf den Älteren. Denn der hatte die Burg und allen Besitz von den Eltern geerbt, ihm hingegen war es bestimmt worden, Priester zu werden. Nun sah er die beste Gelegenheit, dies zu verändern. Er wollte Herr auf Burg Plesse werden!

Als Erstes musste er seine beiden Neffen aus dem Wege schaffen, die ja die Burg erben würden. Er versprach einem ihm ergebenen Diener eine verlockende Summe, wenn er den Kindern beim Spielen aufpassen würde und sie in den tiefen Brunnen im Vorhofe stieße. Ohne dabei gesehen zu werden, gelang ihm dies auch. Dann ging der Diener zu der Edeldame, der Mutter der Kinder, und berichtete ihr, er habe von fern die Kinder beim Spielen in den Brunnen fallen sehen; aber obwohl er schnell hinzugeeilt sei, habe er nicht mehr helfen können. Die Mutter aber spürte, dass er die Unwahrheit sprach, und so sagte sie ihrem Schwager auf den Kopf zu, den Mord an den Söhnen geplant und in Auftrag gegeben zu haben. Darauf packte den Bruder die Angst, und er ließ sie von zweien Dienern gewaltsam ins «Kloster zum Steine» bei Nörten-Hardenberg bringen, allwo sie nach wenigen Monaten Kummers starb.

Nun musste er nur noch seinen Bruder beseitigen. Also sandte er zwei seiner Diener ins Heilige Land, dass sie diesen dort aufspürten und umbrächten. Aber er wollte ganz sicher sein: So mussten die Diener sich trennen, und sollte jeder allein den Weg ins Gelobte Land suchen und den Ritter Otto von der Plesse finden, einer von ihnen würde gewiss ankommen.

Allein, es kam anders. Einer der beiden Diener war Otto treu ergeben, so eilte und eilte er ins Morgenland, ohne zu rasten und zu ruhen, um als Erster bei seinem Herrn anzukommen, ihn zu warnen und ihm von den Verbrechen seines Bruders zu sagen. Und in der Tat: Er fragte sich durch nach dem Kreuzfahrerheer und fand schließlich glücklich seinen Herrn, dem er alles kundtat, was daheim vorgefallen war.

Da verließ der Ritter Otto von der Plesse die Kreuzfahrer, schiffte sich mit seinem Gefolge nach Italien ein und ritt den langen und beschwerlichen Weg nach Norden und über die Alpen zurück ins Leinetal. Als fahrender Pilger verkleidet und mit vollem Barte im sonnenbraunen Antlitz, so gelangte er ans Untere Tor seiner Burg. Hier schallten ihm fröhliche Gesänge, Melodien und lautes Gelächter entgegen. Am Pforthause fragte er den Wächter nach dem Grund für das Fest, und erhielt er zur Antwort: «Fremder Pilger, heute hält der junge Edelherr von der Plesse seine Hochzeit mit dem Edelfräulein von Wohldenberg.»

Otto verfiel in kurzes Sinnen, dann gab er sich als Vaganten, als fahrenden Sänger, aus und bat, durch ein eigenes Lied das fröhliche Fest verschönern zu dürfen. Dies wurde ihm gütig gewährt.

Der vermeintliche Sänger betrat den Saal, ihm wurde als Willkomm ein Becher Wein kredenzt, und er trank ihn aus. Dann stimmte er sein Lied an: Er sang davon, wie ein Ritter aus deutschen Landen mit seinem Kaiser zum Kreuzzuge ins Morgenland gezogen sei, um dorten die Heiden zu vertreiben, – wie er sein eigen Weib und die Kinder seinem leiblichen Bruder anvertrauet, der aber danach sich als Verräter und Mörder gezeiget, – und wie der Ritter, dem all seine Lieben genommen, am Ende sich an seinem Bruder rächen werde. Den Hochzeitsgästen schien dies nun kein lustiges Lied, so kam ihnen ihre ganze Freude abhanden und verließen sie nacheinander die Burg. Der Jungvermählte aber, dem schnell aufgegangen war, wen das Lied meinte, hatte während des Gesanges einen Becher Weines um den anderen getrunken und wurde zu Bette geleitet.

Die Uhr schlug Mitternacht, und alles im Herrenbau der Burg Plesse schlief. Da schlich der fremde Sänger den Gang entlang und bis ins Schlafgemach des Hochzeitspaares. Er schaute sie beide an, wie sie schliefen. Dann zückte er einen Dolch und erstach mit schnellem Stoß die frischvermählte Frau seines Bruders, der im Rausche lag. Dann griff er sich eine Fackel und zündete die Burg an mehreren Stellen an, dass die Flammen bald überall loderten. Im Vorhof verhielt er noch einmal, warf einen letzten Blick auf seine brennende Burg und stürzte sich in den Brunnen.

Die Burg Plesse brannte, als sei sie die Hölle, und wer es noch konnte, versuchte, sich in den Schlosshof zu retten oder in den Mittelhof oder hinaus zu gelangen aus der Burg. Aber es war überall dichtes Gedränge, Knechte und Mägde rannten zuhauf und durcheinander, und mancher fiel und wurde getreten, und der vom Weine berauschte Ritter irrte taumelnd umher und fiel just auch in den Brunnen.

Seitdem können aufmerksame Besucher der Burg Plesse immer am Jahrestage dieses Brandes, in der Nacht vom neunten zum zehnten August, zwei prächtige weiße Hirsche aus dem Brunnen aufsteigen sehen. Sie kämpfen dann zunächst auf dem Schlosshofe gegeneinander, dass die Geweihe laut aneinander schlagen, bis der Sieger den Besiegten drei Male um die Burg herum gejagt. Danach springen sie wieder in den Brunnen hinein. Man glaubt, sie seien die Geister der verfeindeten Brüder und können auch im Jenseits die Ruhe nicht finden. Die beiden ertrunkenen Söhne aber seien in zwei weiße Enten verwandelt worden, und seien sie mal heute, mal übermorgen zu sehen in der Quelle von Mariaspring nahebei.

Der Zwerg und die Hirtentochter

In der Göttinger Gegend, zwischen den Dörfern Waake, Mackenrode, Landolfshausen und Ebergötzen, die mitsammen ein längliches Viereck bilden, liegen auch drei Berghöhen, welche man die «Schweckhäuser Berge» nennt. Und ist eine dieser Höhen etwas länglich gestreckt, die heißet der «lange Schweckhäuser Berg». Auf seinem Gipfel war vor langen Zeiten ein stattliches Ritterschloss gebaut, die Burg Schweckhausen. Obzwar keinerlei Trümmer von ihr erhalten sind, die zu besehen sich lohnte, gehen dennoch die Einwohner der vier genannten Orte gern hinauf auf den Gipfel, wollen sie doch die schöne Aussicht weithin in die Gegend genießen und erzählen einander hier oben manche Mär und Sage von diesen Bergen.

Etwa, dass in uralter Zeit ein Heidentempel hier oben gestanden; in dem habe es ein ehernes Riesenbild gegeben, das hohl war wie der Herkules auf der Wilhelmshöhe bei Kassel. Und die Heidenpriester hätten es benutzt zu allerlei Trug und Blendwerk; so hätten sie nicht selbst sichtbarlich vor dem Volke geprediget, sondern die Menschen glauben gemacht, das metallene Bild halte die Predigt; und steckte doch einer von ihnen darinnen.

Auch habe es heidnische Wahrsagerei und sogar Menschenopfer gegeben.

Die Berge seien später von Zwergen zur Wohnstatt ersehen worden. Und sollen darin die Höhlen der Zwerge noch erhalten und voller Edelgesteine, Silbers und Goldes sein, die die Zwerge bei ihrem Auszuge zurückgelassen. Nur seien die Zugänge dazu von den Zwergen verschüttet worden, und sei kein Mensch bisher so glücklich gewesen, sie zu entdecken.

Einer dieser Zwerge nun soll sich in eine schöne Schäferstochter verguckt haben, die ihrerseits dem Sohne eines Großknechts gewogen war und er auch ihr. Aber der Zwerg ließ sich davon nicht abhalten und besuchte sie ständig, hatte auch jedes Mal ein Geschenk dabei, oft aus Gold und Silber. Doch stieß der Gnom auf keine Gegenliebe bei der Schönen, sie wollte von seiner Werbung nichts wissen, zumal er ungestalt war, hässlich und bucklig dazu.

Da aber die Mutter des Mädchens, das Lorchen hieß, die Gaben nicht zurückwies, so nahm der zwergichte Freier dies zum guten Zeichen, glaubte nun, ein Recht auf sie zu haben, und sagte eines Tags kurz und bündig:

«Dass du es weißt, deine Tochter wird mein!»

Und als die Frau des Schäfers nicht wollte und ihm das endlich und offen heraus erklärte, setzte er hinzu: «Du kannst es nur dann verhindern, wenn du in dreien Tagen weißt, wie ich heiße. Dann will ich mich geschlagen geben, und soll das Lorchen frei und ledig sein. Doch bringst du es nicht heraus, wie meine Eltern mich genannt haben, so hole ich sie mir mit Gewalt.» Und ging ohne Gruß zornig von dannen.

Nun war Lorchens Mutter in großer Not, und hatte sie schon früher den Sohn des Großknechts gebeten, Ausschau zu halten danach, woher der Zwerg komme oder wohin er gehe; das hatte dieser auch fleißig getan, aber nur ohne Erfolg. Immer war der Zwerg irgendwohin plötzlich entschwunden. An diesem Abend nun, als der Zwerg sein Beding gestellt hatte, half der Sohn seinem Vater gerade, die große Wiese zu mähen, und erblickte er wie von ohngefähr just seinen zwergigen Konkurrenten. Er schlich ihm hinterher so lange, bis der bei einem großen Felsenblocke auf einmal verschwand. Als er leise herantrat, nahm er eine wunderschöne purpurne Blüte dort wahr. An der freute er sich, und hörte er nun den Zwerg im Berge singen:

«Hier sitz' ich,
Gold schnitz' ich.
Ich heiße Holzrührlein,
Bonneführlein.
Wenn das die Mutter wüsst',
Behielt' sie ihr Lürlein!»

Dies prägte sich der Bursche gut ein, lief schnell zur Mutter seiner Liebsten und verkündete es ihr voller Freude.

Am dritten Tage kam der verliebte Zwerg in das Haus des Schäfers, trat vor die Mutter des Lorchens und fragte: «Na, hast du dich fleißig umgetan? Weißt du nun meinen Namen?» – «Ach!», entgegnete ihm die Schäfersfrau: «Wie könnt' ich deinen Namen wissen? Aber, sei's drum: Heißest du etwa ‚Vitzliputzli'?» – «Nein», freute sich der Gnom, «so heiß' ich nun wirklich nicht.» – «Oder», setzte die Mutter fort, «nennst du dich vielleicht ‚Horribilikribifax'?» – «Nein, nein», triumphierte der zwergichte Freier. «Nun frage ich dich zum dritten und letzten Male: Wie heiße ich?» – Da sang die Frau:

«Im Felsen sitzest du,
Gold schnitzest du.
Du heißest Holzrührlein,
Bonneführlein.
Weil das die Mutter weiß,
Kriegst du nicht mein Lürlein!»

«Das hat dir der Teufel gesagt, Weib!», schrie der Zwerg voller höchster Wut, lief schnell von dannen und ließ sich, wie versprochen, auch wirklich nie wieder hier sehen.

Am andern Tage ging der Sohn des Großknechts noch einmal zu dem großen Felsenblocke, allwo er den Zwerg seine Strophe hatte singen gehört, und wollte er die wunderschöne purpurne Blüte pflücken und seiner Braut bringen; doch war sie dort jetzt nirgends mehr zu sehen.

Und bald darauf fand die Heirat der jungen Brautleute statt, und sind sie beide miteinander sehr glücklich geworden.

Der Westerturm in Duderstadt

Es war vor rund fünfhundert Jahren, da lebten in Duderstadt noch nicht so viele Einwohner wie heute, und überliefert die Sage, es habe da nur eine einzige Kirche gegeben. Aber war die Kirche längst zu klein geworden für alle die Gläubigen, die zum Gottesdienste drängten, also, dass eines Sonntags nach der Kirche der Priester am Kirchenportale auf den Bürgermeister wartete, ihn beiseite nahm und eine neue, größere Kirche forderte.

«Wie soll das geschehen?», so fragte der zurück. «Das Stadtsäckel ist nur mäßig gefüllt, wir könnten einen Baumeister und einige Gehilfen sicher bezahlen, aber zum Bau einer Kirche braucht es viele Arbeiter, und für die ist kein Geld da.»

«Dann muss eben die gläubige Bevölkerung dabei helfen», meinte der Priester, und das wiederholte er auch am folgenden Sonntage in seiner Predigt. Und sagten ihm viele danach ihre Hilfe zu.

Der Bürgermeister setzte eine Ratssitzung an, schilderte den Vorschlag des Priesters und wie eine Lösung der schwierigen Lage aussehen könne, und beschlossen nach langem Diskutieren die Ratsherren Duderstadts, eine neue, größere Kirche zu bauen unter Mithilfe der ganzen Bevölkerung, Männer, Frauen und Kinder, und sollte jeder das zu der neuen Kirche beitragen, was er leisten könne.

Also verkündete der Bürgermeister am Ende der Sitzung den Beschluss des Rates und schloss mit den Worten: «Wir rufen also jedem Menschen in dieser Stadt zu: ‚Hilf auch du der Stadt!'»

Am folgenden Tage wurde im Rate beschlossen, eine kleine Abordnung von Ratsherren ins böhmische Prag zu senden; denn dort gäbe es die besten Baumeister.

So machte sich eine Gruppe von Ratsherren mit dem Bürgermeister an der Spitze auf die Reise und fuhr in zwei Kutschen nach Prag. Dort angekommen, besichtigten sie erst die Stadt mit ihren schönen Gebäuden und vielen Kirchen, hatten dann ein Gespräch mit dem Oberbürgermeister dort, und der empfahl ihnen drei erfahrene Baumeister aus der Dombauhütte des Veitsdoms auf dem Hradschin. Mit diesen dreien führten sie dann bei gutem böhmischem Schwarzbier ihre Gespräche, und erklärte sich zuletzt einer von ihnen bereit, mit ihnen nach Duderstadt zu kommen, die neue Kirche zu planen und den Bau zu überwachen. Dieser hatte noch als Lehrmeister einen jener Baumeister gehabt, die den Veitsdom erbaut hatten. Und hieß er Jan Novotný.

Nach ihrer Rückkunft aus dem fernen Böhmen war nur gerade ein Monat vergangen, da hatte Jan Novotný seinen Kirchenplan fertig, und stimmten die Ratsherren Duderstadts ihm zu.

Nun mussten einige Steinmetzen und Arbeiter eingestellt werden, kundige Männer vom Fach, die der helfenden Bevölkerung die Anweisungen erteilen konnten, und wurde vor allem das Baumaterial auf Bauernwagen herbeigeschafft: heimischer heller Sandstein aus dem Eichsfelde.

Die Arbeiten wurden aufgenommen und kamen unter tätiger Mithilfe der Duderstädter Männer, Frauen und Kinder gut voran. Und nach einiger Zeit war die Kirche schon zur Hälfte fertig.

Eines Tages führte der Zufall den Teufel nach Duderstadt, und durchfuhr ihn bei diesem Anblick ein Riesenschreck, eine neue, größere Kirche war nun gar nicht nach seinem Geschmack. Das musste er mit allen Mitteln verhindern.

So verkündete er in der Gestalt des städtischen Ausrufers, dass am Abend eine Versammlung der Duderstädtischen Männer da und da stattfände, und tatsächlich hatte sich abends an vorbezeichneter Stelle viel Mannesvolks eingefunden. Der Teufel war als gut gekleideter Bürgersmann gekommen und hielt eine Rede:

«Duderstädter Männer, ich meine es gut mit euch! Was ich in den letzten Wochen hier sehe, ist, dass ihr die Ärmsten der Armen seid, die vom frühen Morgen bis zum späten Abend hier schwere Arbeiten tun und sich müde schuften; die Frauen und Kinder tun ja naturgemäß nicht viel. Und wozu das Ganze? Um eine neue, größere Kirche zu bauen. Aber die ist euch gar nicht nötig in Duderstadt. Denkt einmal nach, wenn ihr am Sonntage nicht mitginget in die Kirche, sondern einfach nur das Weibervolk gehen lasst, dann wird die alte Kirche noch lange genügen. Auch hättet ihr dann den Vorteil, dass ihr nicht den urlangweiligen Gottes-dienst ertragen müsstet, sondern ihr könntet derweilen schon mit Freunden im Wirtshaus sitzen und einen gemütlichen Frühschoppen trinken. Wie gesagt, ihr brauchet die neue Kirche nicht, seid doch nicht dumm! Auf diesen Gedanken aber lasst uns nun anstoßen: Prosit!»

Und jeder Mann hatte auf einmal ein Glas Branntewein in der Hand, und hatte allen das eingeleuchtet, was der Redner da gesagt hatte, und tranken sie darauf. Viele Gespräche entstanden, und alle stimmten dem Redner zu und wollten nicht länger ihre Kräfte für ein unsinniges Ziel vergeuden. Und hatte jeder bald auch ein zweites Glas in der Hand und darauf ein drittes. An diesem Abend kamen die Duderstädter Männer spät und betrunken nach Hause. Am Morgen konnte keiner von ihnen aufstehen und zur Arbeit an der Kirche gehen, zu betrunken waren sie noch, und mussten alle den teuflischen Rausch ausschlafen.

An diesem Tage wurde an der Kirche nicht weitergearbeitet und am nächsten Tage wieder nicht. Denn der Teufel hatte für neuen Branntwein bei jedem der Männer gesorgt, und keiner konnte diesem wohlschmeckenden Getränke widerstehen.

Als sieben ganze Tage ohne Weiterarbeit vergangen und Priester, Bürgermeister und Baumeister Jan Novotný entsetzt waren und sich keinen Rat wussten, da hatte die Frau des Bürgermeisters einen Einfall. Sie ließ durch den städtischen Ausrufer alle Frauen der Stadt zu einer Versammlung laden, und alle, alle kamen. Denn den Frauen war es so gar nicht recht, was ihre Männer taten. Und erinnerte die Bürgermeistersche die Frauen daran, dass es bei den alten Griechen eine mutige Frau namens Lysistrata gegeben habe, die ihre Athenischen Mitschwestern dazu gebracht habe, sich den eigenen Ehemännern bei Nacht zu verweigern und das so lange, bis die Männer den Peloponnesischen Krieg beendeten.

«Warum», so fragte sie in die Runde, «warum sollte uns das nicht auch gelingen? Unsere Männer werden bald klein beigeben, und der Kirchbau wird wieder vorankommen.»

Den Frauen leuchtete das ein, und alle versprachen, nach diesem Vorschlage zu handeln.

Und überall in der Stadt geschah in dieser Nacht eben das gleiche: Als die Männer nach einigen Glas Branntewein sich ihren Ehefrauen zärtlich nähern wollten, wurden sie zurückgewiesen, und schliefen die Frauen allein.

So ging es eine ganze Woche, und dann endlich waren die Duderstädter Männer alle insgesamt so weit gebracht, dass sie für die Liebe ihrer Frauen auf den abendlichen Branntewein verzichteten. So waren sie nachts nüchtern eingeschlafen und konnten morgens mit frischen Kräften zum Kirchenbau gehen. Und wuchsen ab dann auch wieder die Kirchenmauern in die Höhe.

Als er davon erfuhr, wütete der Teufel gar sehr, wollte aber seinen Plan nicht aufgeben. So ließ er die Duderstädter Männer zu einer erneuten Versammlung laden. Aber als er dazu erschien, da war nicht einer gekommen. Aber noch immer wollte der Teufel nicht klein beigeben.

Anderen Tages ging er in der Gestalt des Redners der ersten Versammlung von einem zum andern, während sie am Bau der Kirche arbeiteten, und mit jedem Einzelnen führte er ein Gespräch unter vier Augen und wiederholte seine Argumente von neulich. Doch wollte so gar keiner von ihnen noch einmal auf ihn hören.

Plötzlich rief einer der Männer, der ihn gerade eben erst entdeckt hatte, laut: «Da ist ja der Teufel!»

Alles wendete sich um und schaute, besonders die Frauen, die ohnehin Wut auf den Teufel hatten; hatte er doch ihre Männer über längere Zeit betrunken gemacht und den Fortgang der Bauarbeiten an der Kirche mit Plan verhindert.

Und kaum war der Teufel von allen ausgemacht, rief eine Duderstädtische Frau: «Fasst ihn! Verfolgt ihn!»

Nun musste der Teufel laufen, wollte er nicht sofort gefasst und verprügelt oder gar getötet werden. Er lief durch die Straßen, die Menge folgte ihm nach, viele Frauen holten aus ihren nahen Häusern, was sie schnell ergreifen konnten: Besen, Feuerhaken, Rechen, Mistgabeln, und mit all dem liefen sie hinter ihm her und wollten ihm damit ans Leben.

Schon glaubte sich der Teufel entronnen und in Sicherheit, stand und verschnaufte ein wenig; aber da kam aus anderer Richtung ein neues Heer wütender Duderstädterinnen ihm entgegen. Fast schon war er eingekreist, denn die hinter ihm hatten ihn auch bald erreicht, hier unten, also blieb ihm nur noch das Oben, er musste nach oben fliehen, wohin sie mit ihren Geräten nicht kamen.

Da befand er sich gerade am Westerturm, der nach seinem Brande vor kurzem war wieder errichtet worden, und war das Holz seines Dachstuhls noch frisch. Da sprang der Teufel, den wütenden Weibern zu entgehen, in letzter Minute mit gewaltigem Satz, aber in Hast und mit unglücklichem Absprung, hoch an das Spitzdach des Turms, um es mit beiden Armen zu umarmen und sich daran festzuhalten. Aber er landete an dessen linker Seite, und der große Schwung, den er hatte, trieb ihn nach links herum, und das so gewaltig, dass sich das ganze Spitzdach des Turmes schraubenartig mitdrehte, er rutschte durch den Aufwärtsschub weiter hoch bis zur obersten Spitze und von da in die Luft, weiter schraubenartig, bis er in einer dunklen Wolke im Himmel verschwand, die tief darüber hing.

Aus der Tiefe unter ihm kam ein vielstimmiges enttäuschtes «Oh!», dem so manches «Schade!» folgte und «Fast hätten wir den Kerl gehabt!».

Seitdem ward der Teufel in Duderstadt nie mehr gesehen. Die Kirche aber wurde in ruhiger Arbeit zu Ende gebaut; doch hat sie später den Dreißigjährigen Krieg nicht überlebt, was auch St. Laurentius, Duderstadts Stadtpatron, leider nicht hat verhindern können.

Baumeister Jan Novotný aber hatte seiner Kirche am Dache als weit in die Luft reichende Wasserspeier eben solche Schreckfiguren zugedacht, wie er sie aus seinem heimatlichen Prag vom Veitsdom her kannte: hässliche Fabelwesen, bizarre Bestien, die die Zunge herausstrecken oder ihr Hinterteil entblößen, Phantasiewesen mit Flügeln, ein Hundekopf mit weit aufgerissenem Maule und manches andere noch. Und soll er auch eine lächerliche Teufelsfigur von seinen Steinmetzen habe meißeln lassen, die ein kleines Branntweinglas in der Hand hielt.

Die Heiligenstädter Möhrenkönige

In früheren Jahrhunderten hatten auch im Eichsfelde, dem ursprünglichen «Land der Eichen», Bürger und Bauern ihrer Obrigkeit dafür Abgaben zu zahlen, dass diese sie wehrhaft vor feindlichen Angriffen schützte. So weit, so gut. «O wohl dem Land, wohl der Gemeind', / Wo in der Liebe sind vereint / Die Obrigkeit und Bürgerschaft, / Nur da ist Segen, da ist Kraft» soll an einem Eichsfelder Rathause gestanden haben. Und doch konnte zwischen diesen beiden Parteien auch Zank und Streit entstehen.

Denn zum einen gab es vielfältige Obrigkeit; so mussten die meisten sowohl dem Staat als auch den Bistümern und den Klöstern, der Gutsherrschaft, der Pfarre und weiteren Oberen ihre Tribute zollen.

Und zum anderen gab es vielfältige Abgaben in Form von Naturalien, Geldern und Diensten, z. B. staatliche Steuern, das Lehngeld, das Dienstgeld, der Zehnte an Körnern, die Küchenzinsen an Gänsen, Hühnern, Hähnen, Eiern, Christkuchen usw. Im Auftrage des Amtmannes, der seinen fürstlichen Herrn vertrat, waren Zoller und Zehntknechte angestellt, und es waren Zehntscheuern und Zehnthäuschen vorhanden. Man unterschied den Großzehnten, den zehnten Teil von allem, was der Halm trug, und den Kleinzehnten, der in Obst, Raps, Kartoffeln, Rüben, Flachs, Hanf, Klee, Zwiebeln usw. bestand. Mancherorts war zusätzlich der Heuzehnte zu entrichten und der Weinzehnte. Auch kamen als besondere Lasten Frondienste in der Gemeinde oder für die Gutsherren hinzu.

Die Bevölkerung des Eichsfeldes ernährte sich hauptsächlich von der Landwirtschaft, und das war in dem nicht fruchtbaren Landstrich nicht einfach. Es gab noch keine landwirtschaftlichen Maschinen, sondern seit Jahrhunderten immer noch den böhmischen Holzpflug mit Eisenschar und die Holzegge mit Eisenzinken. Auch waren die Feldfluren so sehr zerstückelt, dass man im Volksmund den Spottvers sang: «Hier ein Flickchen, / da ein Flickchen, / lag die ganze Flur in Stückchen.» Auch kannte man lange nicht die Düngung der Äcker mit künstlichem Dünger. Es war also harte Arbeit, diesem Boden nur die für das eigene Überleben nötigen Früchte abzuringen. Und dann musste ein Zehntel von dieser schwer erworbenen Ernte abgegeben werden! So kann es niemanden verwundern, wenn bei einer Erhöhung dieser Abgaben die Bürger in den Städten des Eichsfeldes murrten und sie nicht zahlen wollten.

Auch in Heiligenstadt hatten einst die Bürger eine solche Erhöhung nicht hinnehmen wollen, und hatten sie dies ihrer eichsfeldischen Ritterschaft auch deutlich genug ausrichten lassen. Die wiederum grollte sehr, war es doch schon das dritte Mal, dass die mutigen Heiligenstädter eine solche Anhöhung verweigerten. So schickten die Ritter Drohungen gen Heiligenstadt, die aber bei den hiesigen Bürgern keine Wirkung zeigten. Die Stärke der Stadtmauern würde gewiss allem Ansturme standhalten, und die eigene Kampfesstärke hatten sie oft genug bewiesen.

Doch wollten dieses Mal die Ritter sich nicht wieder auf der Nase herumtanzen lassen, und fassten sie den Beschluss, die Heiligenstädter anzugreifen und ihnen endlich eine Lektion zu erteilen. Sie sammelten zahlreiches Fußvolk und eine große Reiterschar und zogen los.

So saßen eines Tages die Heiligenstädter Bürgerinnen und Bürger mit ihren Kindern friedlich beim Mittagsmahle, und ahnte von ihnen keiner, dass der Feind heranrückte. Einer aber war wachsam, und war dies der Wächter auf dem Altstädter Kirchturm; er hatte mit scharfem Auge das Nahen der Truppen bemerkt und stieß nun in sein Horn. Das war das Zeichen für die Torwächter der Stadt, und verriegelten sie ihre Tore. Nur einer von ihnen konnte in der Hast sich nicht darauf besinnen, wohin er den mächtigen Holzriegel getan. So musste ihm nun der Zufall helfen.

Denn am Vortage hatte die Frau des Torwächters Möhren vom Felde geerntet und in den Keller ihres Hauses getragen, das gleich neben dem Stadttore lag. Aber es war unter ihnen eine besonders große gewesen, eine riesige Möhre, so lang und dick wie der Arm eines Mannes, und hatte die Frau sie, als sie am Wächterhäuschen ihres Mannes vorbeigekommen, dort abgelegt, damit er sie voll Stolz allen zeige, die hinausgehen und hineinkommen. Auf diese fiel nun der suchende Blick des Torwächters, und packte er sie und verriegelte mit ihr hastig das Tor, das er zu bewachen hatte. Und just in diesem Augenblicke krachte der feindliche Ansturm auch schon gegen das Tor. Aber es gab nicht nach, sondern hatte die Riesenmöhre wie ein Holzriegel die Torflügel fest miteinander verbunden. So hatten die Heiligenstädter Bürger den feindlichen Angriff an allen Stadttoren wacker pariert.

Aber Stadtsoldaten und Bürgerwehr waren auch nicht müßig geblieben und schossen mit ihren Feuerwaffen von der Stadtmauer und warfen Steine unter die Feinde, so dass diese zurückweichen mussten.

Das wiederholte sich am folgenden Tage und am dritten und vierten. Und beratschlagten die erfolglosen Belagerer schon, ob sie nicht aufgeben sollten.

Der Wächter mit dem Möhrenriegel sah keinen Anlass, noch weiter nach dem hölzernen Riegel zu suchen, hielt doch die Möhre allem Anrennen von außen stand.

Nun besaßen der Torwächter und seine Frau eine Ziege. Die pflegten sie, außerhalb der Stadtmauer auf einer Wiese anzupflocken, damit sie sich sättigen konnte. Nun hatten sie sie drinnen lassen müssen, und war ihr Futter in diesen Tagen recht mager gewesen und hatte sie großen Hunger. Da witterte sie plötzlich etwas und zog und zog an dem Strick, mit dem sie angebunden war, und riss sie sich endlich los. Sie lief dem erwitterten Geruche nach und war schon an dem Möhrenriegel. Der aber war ihr zu hoch; so stellte sie sich auf ihre Hinterbeine und fing an zu knabbern. Und da ihr Hunger riesig war, hörte sie erst mit dem letzten Bissen auf.

Aber wieder wollte es der Zufall, dass gerade in diesem Augenblicke die Feinde noch einen letzten Angriff gegen die Stadttore versuchten, und fanden sie dieses Tor auf einmal offen und standen in der Stadt. Die völlig überraschten Bürger leisteten noch erbitterten Widerstand, aber es half alles nichts: Heiligenstadt war in der Hand der Feinde.

Nach und nach aber kam die Geschichte auf, wie der Torwächter den Holzriegel nicht gefunden und statt seiner eine Möhre in Dienst gestellt, und wie er an einer Ziege zuschanden worden. Und begannen die Menschen der umliegenden Dörfer, über die Heiligenstädter zu lachen und zu spotten, und werden die Bewohner Heiligenstadts seit jener Zeit nur die «Könige der Möhren» und die «Möhrenkönige» genannt.

Aber die Heiligenstädter haben so viel Humor, dass sie diesen Spottnamen nun als Ehrennamen tragen, und feiern sie einmal im Jahre das «Stadtfest der Heiligenstädter Möhrenkönige». Und dazu laden sie auch die Menschen der umliegenden Dörfer ein.

Nachwort des Verfassers

Märchen scheinen mir im Volk beliebter zu sein als Sagen, weil sie phantasievoller und reichhaltiger erzählt, also epischer präsentiert werden; die Volkssagen dagegen geben oft nur eine kurze Benennung der Zeit- und Örtlichkeit, beschreiben dann das (meist unheimliche) Erlebnis lakonisch knapp und sind schnell zu Ende.

Vermutlich wurden sie ja früher auch umfänglicher erzählt, z. B. in den Spinnstuben, und nur ihre schriftliche Fixierung hat zu der Kargheit des Textes geführt.

Bei den hier vorgelegten Sagen aus dem Raum zwischen Weser und Harz geht es um ausführliches Nach- und Neuerzählen dieser Sagenstoffe, wobei die überlieferten Fakten der Ortssagen unverändert bleiben, auch die leicht archaische Sprache der Sage als typisches Merkmal beibehalten wird. Aber durch die literarische Ausschmückung der Vorlagen soll nun der alten Volkssage Lese- und Leservergnügen eingehaucht werden.

Damit würden die weitgehend toten und vergessenen Volkssagen zu neuem Leben erweckt und dem «Volke», also den heute lebenden und lesenden Menschen, zurückgegeben.

Dr. Burckhard Garbe

Literatur

Sagen über die Geschehnisse des alltäglichen Lebens, wie sie in diesem Band erzählt werden, sind Volkssagen; sie haben ihren Ursprung in mündlichen Überlieferungen, in denen manchmal unerklärliche oder schreckliche Ereignisse mit Hilfe von mystischen Wesen verständlich oder erträglich wurden. Im 19. Jahrhundert haben Germanisten und Volkskundler Volkssagen zusammengetragen und schriftlich festgehalten. Diese Sammlungen sind wertvolle Quellen, denn sie waren den alten, mündlich tradierten Erzählungen ja zeitlich sehr nahe. Auch neue Sammlungen greifen auf diesen Fundus zurück.

Einige Sammlungen regionaler Sagen sind unten aufgelistet. Der interessierte Leser findet die Sagen dort in ihrer ursprünglichen, meist kurzen Form: Quelle auch für die sagenhaften Geschichten dieses Buches und wahre Fundgrube für alle Sagenfreunde.

Bechstein, Ludwig
Deutsches Sagenbuch
Leipzig 1853

Bote, Konrad
Cronecken der Sassen
Mainz 1492

Diederichs, Ulf / Hinze, Christa
Sagen aus Niedersachsen.
München 1977

Ey, August
Harzmärchenbuch oder Sagen und Märchen aus dem Oberharz
Stade 1862

Grimm, Jacob / Grimm, Wilhelm
Deutsche Sagen
Berlin, 3. Auflage 1891
Darmstadt, Nachdruck 1965

Kollmann, Georg / Kollmann-Gümmer, Ilse (Ill.)
Sagen und Geschichten aus Göttingen und Umgebung
Göttingen 1990

Letzner, Johannes
Dasselsche und Einbecksche Chronik.
Erfurt 1596

Paetow, Karl
Die schönsten Wesersagen an der Märchenstraße
Hameln 1989

Petschel, Günter
Volkssagen aus Niedersachsen
Husum 1979

Sichtermann, Siegfried H. (Hg.)
Till Eulenspiegel.
Frankfurt am Main, 2. durchgesehene Auflage 1981

Topographie der Dörfer Ahlshausen und Sievershausen
19tes Stück des Braunschweigischen Magazins von 1825

Uther, Hans-Jörg (Hg)
Deutscher Sagenschatz
Kreuzlingen/München 2000, Sonderausgabe

Winkelmann, Frank
Die schwarzen Führer. Hannover, südliches Niedersachsen
Freiburg 2002

Internet
http://ahlshausen.bei.t-online.de/chronik.htm
http://www.bad-harzburg.de/main_geschichte.htm
http://www.projekt.gutenberg.de/sagen/harz/fahrt.htm
http://home.t-online.de/home/afritz/kuni.htm
(Quelle: Stadtarchiv Northeim)
http://highlights.harz-urlaub.de/harzer-sagen/
bad_lauterberg/sage-bad-lauterberg.htm
http://www.weserbergland.com/sagmaerch/
hackelberg_sage.html
http://home.t-online.de/home/A.Doering/sage.htm
http://highlights.harz-urlaub.de/harzer-sagen/
wernigerode/sage-wernigerode.htm
http://harzpoint.de/root/frame.htm?orte/duderstadt/
index.htm
http://brunkensen.de/sehenswuerdigkeiten/index.htm

Ortsregister

Weitere Bücher aus dem Prolibris Verlag

Wolf S. Dietrich
Grobecks Grab
Göttingen Krimi
Paperback, 224 Seiten
ISBN 3-935263-05-8

Der Göttingen Krimi
Anna Lehnhoff, die junge Redakteurin beim Göttinger Tageblatt, recherchiert in einem mysteriösen Fall. Im Keller einer Bank wird bei Umbauarbeiten eine eingemauerte Leiche gefunden. Aber warum zeigt die Polizei so wenig Interesse an der Aufklärung? Die Spur führt in die 60er Jahre. Anna stößt bei ihren Recherchen auf den unaufhaltsamen Aufstieg eines Geschäftsmannes, späteren Ratsherren und Bürgermeisterkandidaten, dem das Haus und Grundstück am Kornmarkt gehörte, bevor 1964 die Westbank dort ihre Filiale baute. Je weiter sich die Journalistin in den Fall vertieft, desto mehr gerät sie in den Bann eines Verbrechens, dessen Wurzeln in die Zeit von Wirtschaftswunder, Flower-Power und APO reichen. Mit Hilfe eines jungen Kriminalkommissars kommt sie der Wahrheit so nahe, dass sie selbst in Lebensgefahr gerät.

Der Autor
Wolf S. Dietrich studierte in Göttingen Germanistik und Theologie, arbeitete als Lehrer und wissenschaftlicher Mitarbeiter an der Universität Göttingen. Neben seiner Arbeit als Pädagoge schreibt er Kurzprosa und Romane. Grobecks Grab ist sein vierter Krimi. Der Autor ist Mitglied im Syndikat, der Autorengruppe deutschsprachiger Kriminalliteratur.

Weitere Bücher aus dem Prolibris Verlag

Hubert Reimann
Mord im Eichsfeld
Eichsfeld Krimi
Paperback, 156 Seiten
ISBN 3-935263-07-4

Der Eichsfeld Krimi
„Du Gendarrm! Du hier! Gutt!», sagt der sowjetische Besatzungsoffizier, als er Kaminskis altes Soldbuch sieht. Und so wird aus dem sechzigjährigen Elektroingenieur 1945 überraschend ein Kriminalinspektor mit Schreibzimmer, Tisch und Stuhl, einem leeren Aktenordner in der Kommandantur Worbis - und Anrecht auf eine warme Suppe aus der Gulaschkanone! Sein erster Fall führt ihn in ein idyllisches Dorf in Grenznähe. Einen Kirchenraub soll er aufklären - und ahnt nicht, dass seine erste Leiche auf ihn wartet - der erste Mord einer grausamen Serie, die das ganze Dorf in Atem hält.

Der Autor
Hubert Reimann wurde 1936 im Eichsfeld geboren und erlebte als Kind den Zweiten Weltkrieg, die amerikanische und kurz darauf die sowjetische Besatzung seines Heimatdorfes. Erst Jahrzehnte später verdichten sich Erlebtes und Fiktion zu einer Romantrilogie um die Figur des Kaminski, deren erster Band hier vorliegt.

Die Sagenreihe aus dem Prolibris Verlag

Bisher erschienen:

Burckhard Garbe
Die schönsten Sagen
Region Kassel
ISBN 3-935263-08-2

Anke Cibach
Die schönsten Sagen
Region Hamburg und Niederelbe
ISBN 3-935263-11-2

Marion Kortsteger
Die schönsten Sagen
aus dem Münsterland
ISBN 3-935263-12-0

Nessa Altura
Die schönsten Sagen
Region Nürnberg und Mittelfranken
ISBN 3-935263-13-9

www.prolibris-verlag.de